TABLEAU

DE

L'AMOUR CONJUGAL

PAR M. VENETTI

TOME TROISIÈME

La Première Sensation.

PARIS.

LE BAILLY, LIBRAIRE-ÉDITEUR

Rue de l'Abbaye-Saint-Germain-des-Prés, 2 bis.

TABLEAU

DE

L'AMOUR CONJUGAL

—

TOME TROISIÈME

LE RETOUR INATTENDU

TABLEAU

DE

L'AMOUR CONJUGAL

PUBLIÉ APRÈS DES

RECHERCHES NOMBREUSES

SUR DES DOCUMENTS ANCIENS ET MODERNES

Par M. VENETTI

OUVRAGE ORNÉ DE 24 GRAVURES

TOME TROISIÈME

La déclaration.

PARIS

LE BAILLY, LIBRAIRE-ÉDITEUR

Rue de l'Abbaye-Saint-Germain-des-Prés, 2 bis.

TABLEAU

DE

L'AMOUR CONJUGAL

LA FAMILLE BRETONNE

CHAPITRE PREMIER

Intérieur de famille.

Yves Kérouët était un des principaux habitants
du village de Bléermel, situé sur les côtes de
Bretagne. C'était un brave fermier, plein d'honneur et de foi, animé de tous les sentiments
d'un bon père de famille. Doué en outre d'une
intelligence supérieure à celle de la plupart
des gens de sa condition, il avait, dès les pre-

miers jours de la révolution, en 1789, adopté les principes nouveaux.

Mais dès qu'à cette aurore de la liberté avaient succédé les tempêtes, il s'était demandé s'il avait assez de lumières pour marcher dans cette voie nouvelle, et il s'était arrêté pour rester ce qu'il avait toujours été, un homme de cœur toujours prêt à servir son pays, qu'il aimait par dessus tout ; mais ayant horreur de ces guerres fratricides qui faisaient tant de victimes dans cette contrée jusqu'alors si pieuse et si paisible, et où pendant de longues années la vie lui avait été si douce, grâce aux soins que lui avait toujours prodigués la bonne Périne, sa femme, et à la piété filiale de ses deux enfants, Frédéric son fils, qui avait atteint depuis quelques mois sa vingtième année, et Yvonne sa fille, grande et belle brune aux yeux bleus, doucement tourmentée en ce moment de ses dix-huit printemps.

C'était au mois de décembre, il était midi.

La neige tombait à gros flocons, et aux rafales du vent du nord qui soufflait avec violence, se mêlait le tintement de la cloche du village, qui sonnait l'*Angelus*.

Yves Kérouët, sa femme, sa fille, les valets et les filles de la ferme étaient debout autour de la grande table massive sur laquelle fumait une exquise soupe aux choux flanquée d'un énorme morceau de lard et d'un large fromage. Kérouët fit lentement le signe de la croix, que répétèrent tous les commensaux.

Le père de famille dit à haute voix le *Benedicite*, puis il s'assit en étouffant un soupir, et jeta un regard plein de tristesse sur une place demeurée vide.

C'est que cette place était celle de son fils, appelé sous les drapeaux vers le milieu de l'année, et dont on n'avait pas de nouvelles.

Frédéric aurait pu, comme tant d'autres, se soustraire à l'obligation d'aller défendre son pays; mais, obéissant aux sentiments d'honneur innés dans cette famille patriarcale, il était parti.

Elle aussi, la bonne Périne, avait jeté un regard furtif sur la place de son fils bien-aimé, et deux grosses larmes roulaient sur ses joues.

« Voilà un bien mauvais temps, dit Kérouët en veillant à ce que les assiettes et les gobelets de ses gens fussent bien garnis: en vérité, le cœur me saigne à la pensée qu'en ce moment notre Frédéric est peut-être sans abri et sans pain.

— Père, fit Yvonnette, monsieur le curé ne vous a-t-il pas dit que les choses s'amélioraient et qu'il y avait apparence que nous aurions bientôt la paix?

— Oui, répondit Kérouët, le digne homme m'a dit cela, et cependant, dès le lendemain, les républicains brûlaient le château de Puysayes, et ils auraient fusillé M. le comte, qu'ils avaient pris les armes à la main, si notre bon pasteur ne l'eût sauvé, en répondant sur sa tête de faire rendre la liberté aux soldats républicains faits prisonniers au combat de Férolle; et il a tenu parole, car c'est un vaillant cœur que notre abbé Vignon, et les gens de Férolle savaient bien qu'il n'hésiterait pas à se livrer s'il ne pouvait remplir autrement l'engagement qu'il avait pris...

Puis, se tournant vers Périne :

— Allons, femme, reprit-il, ne pleure pas ainsi. Après tout, il y a plus malheureux que nous. Il ne faut pas oublier que Dieu éprouve particulièrement ceux qu'il aime. Que sa volonté soit faite. »

Comme il achevait de prononcer ces paroles, on entendit doucement frapper à la porte, qu'Yvonnette s'empressa d'aller ouvrir.

Un inconnu entra aussitôt d'un pas mal assuré.

C'était un jeune homme de l'air le plus distingué. Ses vêtements, bien qu'en lambeaux et couverts de boue, annoncent qu'il est de noble condition, en même temps que son teint hâve, ses joues creuses, ses lèvres enfiévrées montrent qu'il a dû subir récemment toutes les tortures que peut infliger la plus affreuse misère.

On s'empresse de le faire asseoir, car sa faiblesse est telle qu'il peut à peine se soutenir.

Il veut remercier les personnes qui l'entourent et qui montrent pour lui la plus grande bienveillance; mais la parole expire sur ses lèvres.

Kérouët se sent vivement ému ; il pense à son fils, qui peut être dans la même position que cet étranger.

Périne s'empresse de préparer un bouillon, et Yvonnette parvient à le faire prendre au jeune homme, que les serviteurs de la ferme ont transporté devant l'âtre, où pétille un grand feu.

Ces soins ne tardent pas à ranimer l'étranger; une légère rougeur se montre sur ses joues amaigries; il peut enfin se faire entendre, et il remercie avec effusion les hôtes généreux qui l'entourent.

« Que Dieu vous récompense comme vous le méritez, dit-il. Sans vous, j'allais mourir.

— Que vous est-il donc arrivé? demande le bon fermier. Auriez-vous été attaqué par des malfaiteurs? Cela ne me surprendrait pas; car, par le temps qui court, on rencontre à chaque pas des gens armés, et la guerre a couvert ce pays de tant de ruines, que beaucoup de gens sont poussés au crime par la misère.

— Non, répondit l'étranger, je n'ai pas été attaqué; et les gens dont vous parlez n'eussent pu rien me prendre, car je suis, comme beaucoup d'entre eux, sans feu ni lieu..... Mais c'est trop vous causer d'embarras. Encore une fois, merci, et puissé-je un jour me montrer reconnaissant de ce que vous venez de faire pour moi.

— Mon Dieu! dit Périne d'une voix tremblante, le vent souffle en tempête; on ne saurait faire un pas dans la plaine sans être aveuglé par la neige, et les chemins en sont tellement couverts qu'on ne pourrait s'y aventurer sans danger.

— Aussi, ajouta Kérouët, j'espère bien que notre hôte ne se mettra pas en route aujourd'hui; ce serait mal à nous de le laisser partir, alors que nous pouvons lui offrir la chambre de notre Frédéric. Allons, monsieur, acceptez sans façon ; vous remplacerez notre enfant jusqu'à ce que le temps devienne meilleur, et c'est nous qui serons vos obligés.

— Ah ! fit le jeune étranger, Dieu ne m'abandonne pas, puisqu'il m'a conduit près de vous. »

Kérouët le pressa alors de se mettre à table, et il alla lui-même au cellier y prendre une des bonnes bouteilles de vin qui n'en sortaient que dans les grandes occasions, tandis que Périne ravivait le feu de l'âtre et improvisait une omelette.

Yvonnette n'avait pris aucune part au dialogue que nous venons de rapporter, mais elle n'en avait pas perdu un mot, et un rayon de joie, à peine perceptible, s'était montré sur son frais visage, lorsqu'elle avait entendu les dernières paroles de l'étranger.

« Mes bons amis, dit ce dernier lorsqu'il eut suffisamment réparé ses forces, mes bons amis, — car j'espère que vous voudrez bien me permettre de vous donner ce nom, — je serais bien coupable si je manquais de confiance en vous. Je veux donc vous faire connaître ma position, car il se pourrait que ma présence ici vous fît courir un grand danger. Vous allez en juger. »

Ces paroles causèrent une assez vive émotion à la famille : mais elle n'en laissa rien paraître, et l'inconnu s'exprima ainsi :

CHAPITRE II

Guerre, incendie, proscription.

« — Je suis le fils du chevalier de Vilnois, dont le château est situé près de Fontenay. Mon père, ancien capitaine au régiment de la reine, s'était retiré du service depuis quinze ans; et lui, ma mère et moi vivions paisiblement au château de Vilnois, aimés de tout le monde, car la fortune de mon père lui permettait de répandre de nombreux bienfaits, et ma bonne mère était devenue la Providence de tous les malheureux du pays.

« Vivement sollicité de prendre un commandement dans l'armée insurgée lorsqu'il fut devenu évident que la monarchie était sérieusement menacée, le chevalier de Vilnois refusa longtemps de prendre ce parti, et, de peur que je n'y fusse entraîné moi-même, il m'envoya à Paris, dans la famille de ma mère, en m'ordonnant d'y rester jusqu'à ce que la tourmente révolutionnaire eût cessé.

« Cependant, les principaux chefs de l'insurrection s'indignaient de l'inaction du chevalier ; ils résolurent de l'obliger par tous les moyens possibles à faire cause commune avec eux, dussent-ils, pour y parvenir, employer la violence. En conséquence, plusieurs des plus ardents, à la tête de deux cents hommes de leurs meilleurs soldats, se rendirent au château de Vilnois; une vive discussion s'engagea entre mon père et eux. Elle durait encore, lorsque les vedettes placées par les visiteurs devant le château firent entendre en cris d'alarme : L'ennemi! aux armes!

« C'étaient en effet les mauvaises gens du pays qui, instruites de la réunion qui avait lieu à Vilnois, arrivaient en toute hâte. Les soldats de l'armée royale, trop peu nombreux, furent forcés, après avoir défendu les abords du château, de se retrancher dans l'intérieur. On continua, de part et d'autre, à se battre en désespérés ; mais enfin la populace parvint à mettre le feu au château et à s'emparer de presque tous ses défenseurs, qui furent massacrés.

« Quatre jours plus tard, je lisais dans les feuilles publiques le compte-rendu de cet affreux événement. Rien ne put m'arrêter; parti à franc étrier, j'arrivais quarante-huit heures après sur le lieu du désastre. Hélas! je n'y trouvai plus que des ruines encore fumantes, au milieu desquelles je pénétrai éperdu. Autour de moi régnait un silence de mort. Tout à coup, les sons d'une voix humaine arrivent jusqu'à mon oreille. Je me tourne vers le point d'où ils partent, et j'arrive bientôt à l'entrée des caves. A mesure que je m'avance sous les voûtes qui ont résisté à l'écroulement causé par l'incendie, la voix devient plus distincte. Enfin, un rayon de lumière, pénétrant par un soupirail, dissipa quelque peu les ténèbres qui règnent dans ce lieu souterrain, et je puis voir, agenouillée sur le sol et les mains jointes, Jeanne Hudrian, ma bonne nourrice, qui avait miraculeusement échappé à la mort, et qui depuis, éperdue, se croyant toujours environnée de ces hommes égarés qui ont tout anéanti autour d'elle, n'a pas osé sortir de cette retraite où elle a vécu de quelques comestibles qui s'y trouvaient déposés.

« — Henri, mon cher Henri! s'écria-t-elle en m'apercevant, est-ce bien toi que je revois?

« — Oui, ma bonne et chère Jeanne, c'est moi qui viens recueillir les ossements de mon père et de ma mère.

« — Espère, mon Henri, Dieu est grand, et peut-être n'a-t-il pas voulu que tu fusses orphelin..... Mais puisque tu as pu pénétrer jusqu'ici, les ruines du château ne sont donc plus gardées?

« — Je n'ai rencontré personne.

« — Alors, viens.

« Je la suivis; elle était tout à coup redevenue forte et agile comme je l'avais vue aux jours de ma première enfance. Nous arrivâmes au perron, au-dessus duquel était resté debout le mur de façade de l'appartement de mon père. Contre ce mur était dressée une échelle dont l'extrémité supérieure reposait sur l'appui d'une fenêtre éventrée. Je regardais avec un serrement de cœur inexprimable ces murailles mutilées,

« — Ah! je comprends, dis-je à Jeanne; c'est

là qu'ils sont morts, et tu as voulu que je pusse prier sur leurs cendres.

« — C'est par là qu'ils se sont sauvés, s'écria la nourrice en levant les mains vers le ciel.

« — Grand Dieu! il se pourrait...

« — Oui, j'en suis sûre, car j'étais là, et je me sentais forte. Ce n'est qu'après les avoir vus disparaître au travers des jardins que j'ai perdu la tête et que les assaillants, escaladant les murs de tous côtés, je me suis réfugiée dans les caves.

« Ma bonne Jeanne, soyez bénie!... Mais où donc les retrouver maintenant?

« — Il ne faut pas même les chercher, Henri, car ce serait peut-être le moyen de les perdre pour toujours. Viens chez moi, mon cher enfant, et nous aviserons aux moyens d'échapper à ces enragés qui ont fait un enfer de notre bon pays. »

J'acceptai, et nous partîmes; mais nous n'avions pas fait le tiers du chemin que la troupe des incendiaires nous apparut sur le penchant d'une colline. Bonne femme inoffensive, Jeanne n'avait rien à craindre: mais moi, qu'allais-je devenir? Demanderai-je asile à cette pauvre femme, au risque de l'exposer au danger que je courais moi-même?... Je pris la fuite et je gagnai la forêt voisine. Je vécus là quelques jours du pain que quelques paysans me vendaient au poids de l'or. Lorsque ma bourse fut vide, la mort me sembla être mon seul refuge; mais mourir sans avoir embrassé mon père et ma mère, alors que je pouvais espérer de les retrouver! J'errai alors dans le pays, vivant de racines, de fruits sauvages et parfois aussi, il faut bien le dire, du pain de l'aumône, car je vous dois toute la vérité.

« Un seul espoir me soutenait : c'était celui de pouvoir m'embarquer pour l'Angleterre, où je supposais que mon père et ma mère s'étaient réfugiés ; mais tous mes efforts furent inutiles et j'allais expirer de faim et de misère lorsque j'arrivai à votre porte qui s'ouvrit si généreusement devant moi. »

Henri de Vilnois se tut ; il se fit un silence de quelques instants que lui-même interrompit.

— Maintenant, reprit-il, vous savez à quels dangers vous expose ma présence sous votre toit, ils sont les mêmes que ceux que je cours moi-même, et vous comprenez que je serais un infâme si je consentais à compromettre, par ma personne, l'honnête et digne famille qui m'a tendu une main secourable. J'accepte cependant jusqu'à demain l'hospitalité que vous m'avez offerte ; je partirai demain et je dirai avec les patriarches : Quelle qu'elle soit, que la volonté de Dieu s'accomplisse !

Kérouët était immobile ; il semblait réfléchir profondément ; Périne, à genoux dans un coin de la salle que les ténèbres commençaient à envahir, priait pour le pauvre exilé, et Yvonnette s'efforçait inutilement de dissimuler les larmes qui mouillaient ses beaux yeux.

— Non ! s'écria tout-à-coup le bon fermier ; il n'en sera pas ainsi ; il ne sera pas dit que Kérouët ait livré aux bourreaux un innocent qu'il pouvait sauver. La nuit porte conseil, et vous avez, Monsieur de Vilnois, grand besoin de repos. D'ici à demain, Dieu nous inspirera, je l'espère, et nous fera trouver le moyen de vous soustraire aux dangers qui vous menacent.

Henri était en effet accablé de fatigue. Il se leva et fut conduit par son hôte dans une petite chambre modestement meublée où régnait la plus grande propreté, ce luxe des honnêtes gens contents de leur médiocrité.

— Dieu vous garde, dit encore le fermier. Demain je viendrai ici au point du jour ; nous reprendrons notre entretien, et j'ai le ferme espoir que nous parviendrons à améliorer la déplorable position que vous a faite le malheur des temps. »

CHAPITRE III

Deux jeunes cœurs ; l'horizon s'éclaircit.

Henri de Vilnois passa une excellente nuit ; les bonnes paroles de l'honnête fermier étaient tombées comme un baume salutaire sur son cœur, et un rayon d'espoir avait pénétré dans sa pensée. Le jour commençait à poindre lorsqu'il se réveilla. Peu d'instants après, il vit entrer Kérouët portant un paquet de hardes à l'usage des paysans de cette contrée.

« Le moyen est trouvé, dit le bonhomme; il ne lui manque plus que votre approbation. Voici ce que nous avons imaginé, Périne et moi : nos gens étaient présents lorsque vous êtes arrivé ici; mais aucun d'eux n'a entendu le récit de vos malheurs. Nous pouvons donc leur dire que, envoyé ici par un de nos parents de Nantes pour régler certaines affaires de famille, vous vous êtes égaré en chemin et que vous avez été obligé de passer la nuit dans les bois, ce qui expliquera tant bien que mal le délabrement de vos vêtements et la fatigue qui vous accablait lors de votre arrivée. Qu'après une telle secousse vous ayez besoin de repos, cela leur paraîtra tout naturel. Nous aurons menti; mais ce mensonge nous sera pardonné à raison du motif qui nous l'aura fait commettre. Il paraîtra tout simple aussi que vous ayez changé de vêtements, les vôtres ayant été mis en lambeaux dans votre marche nocturne à travers les taillis par un temps affreux. Voici ceux de notre Frédéric qui est à peu près de votre taille. On s'habituera vite à vous voir dans ce costume, et cela nous donnera le temps de trouver d'autres prétextes pour expliquer un plus long séjour ici.

— J'accepte, répondit Henri, et même je demande quelque chose de plus.

— Je vous écoute, dit le fermier un peu surpris.

— C'est que vous me permettiez de prendre part à vos travaux de chaque jour. Je serai sans doute bien malhabile en commençant; mais j'espère que ma bonne volonté suppléera vite à mon inexpérience.

— Vous, monsieur de Vilnois! un homme de votre naissance se faire valet de ferme!

— Qu'importe ma naissance? Le travail n'est-il pas la chose la plus honorable du monde? Et puis, songez que ce sera le plus sûr moyen d'écarter les soupçons et de me soustraire aux recherches dont je suis l'objet! »

Cette dernière considération parut irréfutable à Kérouët.

« Qu'il soit fait comme vous le voulez, dit-il; mais il vous faudrait au moins quelques jours de repos.

— Je commencerai aujourd'hui même, s'il vous plaît, à faire mon apprentissage. »

Et comme Henri avait achevé de se vêtir des habits apportés par le fermier, tous deux descendirent dans la grande pièce du rez-de-chaussée, où les valets et les servantes de la ferme achevaient de déjeuner. Henri prit résolument place au milieu d'eux.

« Mes amis, dit Kérouët, voici un nouveau camarade que je vous recommande; il n'a pas l'habitude des travaux de la campagne; mais, avec de bonnes gens comme vous, j'espère qu'il se mettra vite au courant. »

Tous, à l'exception d'un seul, souhaitèrent la bienvenue à Henri.

« Qu'as-tu donc, Jean Kernoc? demanda le fermier à celui qui s'était dispensé de répondre.

— Je n'ai rien, maître, répondit sans lever

les yeux celui qui était ainsi interpellé. Seulement il me semblait que, dans cette saison,
nous n'avions pas besoin de renfort. Mais,
puisque ce n'est pas votre idée...

— Je te reconnais là, jaloux. Sois tranquille,
l'ouvrage ne te manquera pas, et nous avons
plus de blé en grange que nous n'en pourrons
battre d'ici aux semailles de mars. »

Jean Kernoc ne répliqua pas ; mais il était
évident que l'assurance que lui donnait le
maître ne suffisait pas à le satisfaire, et que le
nouveau venu n'aurait pas ses sympathies.

Ce premier jour se passa bien ; Henri pansa
les chevaux sans trop de maladresse ; il s'essaya
avec le même succès à manier le fléau, le van,
le crible ; Yvonnette lui enseigna à battre le
beurre, et l'initia au grand art de la prépara-
tion des fromages.

Cette première leçon de la charmante jeune
fille au jeune gentilhomme ne s'acheva pas
sans que le professeur et l'écolier eussent
échangé plus d'un rapide regard. Yvonnette
était un peu tremblante ; Henri rougissait presque aussi souvent qu'elle, et ce ne fut pas sans
un léger frémissement qu'à plusieurs reprises
leurs mains se rencontrèrent.

Vers le soir, Jean Kernoc qui avait conduit
une charretée de foin à la ville, en revint rap-
portant une lettre qu'on lui avait remise à la
poste ; elle était de Frédéric, ce qui mit la joie
au cœur de toute la famille.

« Mes chers et bons parents, écrivait en sub-
stance le jeune soldat républicain, je crois que
mes dernières lettres et les vôtres ont été inter-

ceptées par l'ennemi ; mais, ne vous **alarmez** pas ; nous venons de frotter les Autrichiens de si bonne manière, qu'ils n'auront pas de si tôt l'envie de se mêler de nos affaires particulières... Répondez-moi vite, je vous en prie, car je suis bien impatient d'avoir de vos nouvelles. »

« Pauvre cher enfant, dit Périne qui pleurait de joie, il faut lui répondre aujourd'hui même.

— Oui, ajouta le père, nous allons lui répondre en famille.

— Ce qui veut dire, pensa Jean Kernoc, que nous sommes de trop ; mais je parierai bien que le mirliflor restera, lui ! et que Yvonnette n'en sera pas fâchée. »

Il pensa cela sans oser le dire ; mais, pour un observateur, il eût été facile de lire sur ses traits que la haine fermentait dans son cœur. Il se retira pourtant en même temps que tous les autres serviteurs ; Henri allait en faire autant ; un coup d'œil de Kérouët le retint.

Yvonnette va répondre à son frère, lui dit le fermier quand tous les autres serviteurs furent sortis ; elle est notre secrétaire à tous, et je serais aise de vous faire voir comment elle s'acquitte de ses fonctions.

Yvonnette baissa les yeux, et, pour qu'on n'aperçût pas la subite rougeur qui couvrit son visage, elle se leva vivement pour aller prendre encre, plume et papier ; puis elle revint à la grande table, se mit à l'œuvre, et, bien qu'elle fût un peu tremblante, elle fit courir rapidement sa plume sur le papier.

« Voilà tout, dit-elle en s'arrêtant vers le

milieu de la troisième page, je crois n'avoir rien oublié.

— Pardon, mademoiselle, dit Henri d'une voix mal assurée; serait-il indiscret de vous prier d'ajouter quelques mots, pour faire savoir à votre frère qu'un étranger, se trouvant aujourd'hui dans votre famille, l'aime sans le connaître, fait pour lui les vœux les plus sincères et lui serre fraternellement la main? »

Yvonnette écrivit de nouveau; mais, arrivée au mot *fraternellement*, elle s'arrêta, et la plume faillit tomber de ses doigts.

« Qu'as-tu donc, fille? dit Kérouët qui s'aperçut de cette hésitation, est-ce que la fraternité n'est pas maintenant à l'ordre du jour? Elle y est si bien, qu'il serait peut-être imprudent de s'exprimer autrement. »

La jeune fille n'hésita plus; elle écrivit. Lorsqu'elle releva la tête, ses beaux yeux brillaient d'un éclat inaccoutumé, et la bonne Périne, qui avait tout observé et qui s'y connaissait, se dit en étouffant un soupir : « Ils s'aiment! »

CHAPITRE IV

Un mauvais drôle.

Ce fut Jean Kernoc qu'on chargea d'aller à

la ville pour mettre à la poste la lettre adressée
à Frédéric.

« Quel malheur, se disait-il chemin faisant,
que je ne sache pas lire!... Bah! reprit-il au
bout d'un instant, à quoi cela me servirait-il?
Est-ce que, hier soir, caché dans le fournil,
dont la porte était entrebaillée, je n'ai pas entendu tout ce qu'ils ont dit?... Et puis rien
qu'à voir les mains blanches de ce nobliot, je
l'avais deviné, c'est un fils de ci-devant ruiné
qui voudrait épouser en même temps la fille et
les écus du père Kérouët... Doucement, garçon!
je l'aime, moi, Yvonnette; mon père est presque
aussi riche que le sien, et de plus il est adjoint
au maire de Bernedec, notre commune. Nous
allons voir! »

Et, au lieu de se rendre directement à la ville,
Kernoc prit le chemin le plus long pour se
rendre à Bernedec, afin de consulter le citoyen
adjoint, son père, sur l'importante découverte
qu'il avait faite.

« Oh! oh! fit le père Kernoc, la chose est grave
Kérouët joue à un mauvais jeu, et il pourrait
bien y laisser sa tête et celle du ci-devant dont
il veut faire son gendre.

— J'y avais pensé, dit Jean, et, ma foi, tant
pis pour lui : qui cherche le mal l'attrape, et
la Yvonnette sera un peu attrapée de se trouver veuve avant d'être mariée.

— Jean, tu me fais l'effet de raisonner
comme une oie. Tu ne songes pas que, si Kérouët tombait sous le glaive de la loi, comme
on dit au club de la Lanterne, ses biens seraient

mis sous séquestre et vendus au profit de la nation.

— Et m'est avis qu'il ne l'aurait pas volé.

— Pauvre sot! tu serais donc disposé à épouser Yvonnette sans dot?

— Jamais, jamais! Une fille sans dot! ah mais non!

— Par ainsi tu dois comprendre qu'il ne faut pas brusquer les choses, et qu'il est prudent de ménager le *chou et la chèvre*, quand on ne veut pas de la chèvre sans le chou.

Ainsi rassuré, Jean Kernoc alla porter à la poste la lettre dont on l'avait chargé, et retourna tout joyeux à la ferme. Il était tard lorsqu'il y arriva; tout le monde était rassemblé pour la veillée. Les femmes s'occupaient de couture; les hommes réparaient les instruments aratoires; on riait, on chantait. Yvonnette et Henri écoutaient sans pouvoir se parler, et pourtant comme ils s'entendaient! comme ces deux cœurs battaient à l'unisson! Pas un des mouvements de l'un n'était perdu pour l'autre, et que de choses il y avait dans le moindre de ces mouvements! Jean Kernoc, pendant tout le reste de la soirée ne cessait de les épier.

— Allez, allez, se disait-il, allez votre train. Vous seriez bien camus si vous saviez qu'il y a ici quelqu'un qui veille au salut de la patrie! »

Les deux jeunes gens, en effet, ne se doutaient pas qu'ils eussent quelque chose à redouter, et c'était avec la plus douce quiétude qu'ils continuaient à parler cette langue muette que parlent si bien les amoureux de vingt ans.

Mais Jean n'était pas le seul qui les épiât : la bonne Périne lisait à livre ouvert sur ces franches physionomies qui n'avaient pas encore appris à dissimuler, et elle ne garda le secret qu'elle avait surpris qu'en se promettant d'exercer la plus active surveillance.

CHAPITRE V

Changement de fortune.

Plusieurs mois s'étaient écoulés sans apporter de changement dans la famille Kérouët, lorsqu'un jour, Henri de Vilnois, tourmenté depuis si longtemps par le désir de connaître le sort de son père et de sa mère, résolut, sans en rien dire, de se rendre près de Jeanne Hudrian, qu'il n'avait pas revue depuis le jour où il l'avait trouvée au milieu des ruines du château de son père.

C'était courir un grand danger ; car il était fort connu dans le pays où il espérait trouver sa bonne nourrice ; mais il pensait qu'elle aurait pu se mettre en quête de nouvelles, et que peut-être elle pourrait le tirer de l'affreuse incertitude qui le faisait tant souffrir.

Il partit donc un matin, au point du jour, et, grâce aux habits dont il était vêtu, il arriva sans avoir fait de mauvaises rencontres à la chaumière où la bonne femme s'était retirée.

« Ah! mon Henri, s'écria-t-elle en le reconnaissant, que de mauvais jours vous m'avez fait passer! j'ai bien souffert; mais je n'y veux plus penser, puisque me voilà heureuse.

— Pauvre bonne Jeanne, tu me pardonneras quand tu sauras que, sorti de la retraite que j'ai eu le bonheur de trouver c'était jeter ma tête au bourreau, et qu'aujourd'hui même je cours le plus grand danger.

— Non, non, mon cher enfant... Ah! je sais bien que, en m'écoutant, vous aurez le cœur navré tout à l'heure; c'est pour cela que je veux commencer par vous dire les bonnes nouvelles; vous saurez toujours trop tôt les mauvaises.

— Oh! parle, parle, je t'en prie, ma bonne mère!

— D'abord, mon enfant, vous saurez, que la famille de votre mère loin d'avoir souffert dans ces derniers temps, est devenue presque toute puissante; si puissante qu'elle n'a eu qu'à vouloir pour faire rayer de la liste des émigrés votre père, votre mère, et faire lever le séquestre qui avait été mis sur vos biens.

— Serait-il vrai!

— Tout ce qu'il y a de plus vrai; je vous en donnerai les preuves tout à l'heure.

— Chère Jeanne, comme nous allons nous efforcer de te faire oublier les mauvais jours que tu as passés à cause de nous.

— Ce sont les bonnes nouvelles, Henri; maintenant voici les mauvaises : votre père et

votre mère, vous croyant en sûreté à Paris,
étaient parvenus à se réfugier en Angleterre,
mais la secousse avait été trop violente pour
madame de Vilnois, déjà atteinte, à cette
époque d'une maladie de langueur...

— Oh! morte! morte! ma mère bien-aimée!..
sans que j'aie pu la revoir, lui donner un dernier
baiser!... Ah! Dieu est souvent cruel!...

— Ne parlez pas ainsi, mon Henri; priez plutôt pour ceux qui ne sont plus... votre père...

— C'en est trop! Pourquoi donc ne pas nous
avoir frappés tous ensemble! »

Jeanne se tut pendant quelques instants,
puis elle reprit :

« Ecoutez-moi, Henri; car il faut que vous
sachiez tout ce qui me reste à vous dire. Les
parents de votre mère que vous aviez quittés
si brusquement vous ont cherché longtemps;
ils vous cherchent sûrement encore. Ils sont
venus ici. Ce que je leur ai rapporté de la
manière dont nous nous sommes séparés leur
a fait penser que, si vous étiez parvenu à
trouver une retraite dans ce pays, vous trou-
veriez quelque moyen de me le faire savoir, et
ils m'ont laissé les papiers que je vais vous
remettre, afin que vous puissiez régler vos affaires dans ce pays où sont situés tous vos
biens, avant de retourner près d'eux. »

A ces mots, elle se leva, et tira d'un coffre
un rouleau de papiers qu'elle remit à Henri.
C'était d'abord un acte en bonne forme, con-
statant la radiation de la liste des émigrés;
puis un extrait authentique des actes mor-
tuaires de son père et de sa mère, des titres de

propriété, enfin un passeport parfaitement en règle.

Après avoir examiné tout cela, de Vilnois se demanda ce qu'il allait faire. Dire au bonhomme Kérouët le changement qui venait de s'opérer dans sa fortune n'était-ce pas s'exposer à perdre Yvonnette qu'il chérissait et dont il avait la certitude d'être tendrement aimé? L'honnête fermier était fier; il ne voudrait pas qu'on pût l'accuser d'avoir profité de la fantaisie d'un fils de famille pour enrichir sa fille par une mésalliance; et puis Henri pensa que si, le croyant pauvre, on lui refusait la main d'Yvonnette, il serait toujours temps qu'il fît connaître sa fortune.

Dès que Henri eut fait ces réflexions, son parti fut pris.

« Ma bonne Jeanne, dit-il à sa nourrice, d'impérieuses raisons, que je ne puis te faire connaître en ce moment, m'obligent à garder l'incognito encore quelque temps, et de rester dans la retraite que j'ai trouvée. Je suis sûr que tu m'approuveras quand tu connaîtras les motifs qui m'obligent à agir ainsi. Vis donc tranquille, et sois sans inquiétude sur mon compte. Le jour où je te reverrai sera le plus beau de ma vie, et je le devrai au silence que je te prie de garder sur tout cela.

Ces paroles attristèrent Jeanne; mais elle se résigna et Henri la quitta après lui avoir promis vingt fois d'abréger autant qu'il le pourrait le temps pendant lequel ils devaient être encore séparés.

CHAPITRE VI

Fiançailles.

La disparition de Henri donnait une vive inquiétude à Kérouët et à Périne; Yvonnette s'était enfermée dans sa chambre, afin de donner un libre cours aux larmes qu'elle s'était d'abord efforcée de retenir. Tous les gens de la ferme étaient en émoi, et l'on se préparait à faire une battue dans la campagne, dans l'espoir de recueillir quelques indices du chemin qu'avait pu prendre ce jeune homme disparu si brusquement, lorsqu'il entra dans la grande salle.

« Cher maître, dit-il au fermier, je vous demande humblement pardon de vous avoir affligé; je vous dirai tout à l'heure ce qui m'a fait agir ainsi. »

Sur un signe de Kérouët, les gens de la ferme qui se trouvaient là se retirèrent; Périne seule resta près de son mari.

« Maître, reprit de Vilnois, j'aime, j'adore votre chère fille, et j'avais résolu de vous demander sa main; mais je ne voulais le faire avant de savoir si ma position, toute exceptionnelle, ne serait pas un obstacle invincible à l'accomplissement du plus cher de mes vœux.

J'étais sans papiers; je n'avais rien qui pût constater mon identité. La mort a levé cet obstacle, et je rapporte des pièces authentiques qui constatent le décès de mon père et de ma mère... Vous me trouverez sans doute bien audacieux et bien ingrat, vous à qui je dois la vie et que j'afflige aujourd'hui ; vous me chasserez, vous me maudirez peut-être. Quoi qu'il arrive, je ne me plaindrai pas, et je mourrai sans avoir cessé de vous aimer et de vous bénir. »

Kérouët demeura quelques instants sans répondre, puis il dit :

« Vous aimez ma fille, dites-vous ?

— Je le savais, interrompit Périne en sanglottant.

— Et moi aussi, ajouta le fermier ; seulement je croyais notre ami assez sage pour attendre des jours meilleurs... Vous parlez de faire constater votre identité, et vous ne songez pas que cette constatation pourrait être votre arrêt de mort.

— Je pensais, dit Henri, que cela pourrait se faire sans bruit et sans éclat, et que l'intervention dans cette affaire de notre vénérable pasteur, l'abbé Vignou, que tout le monde aime ici, pourrait nous être d'un grand secours.

— Je le crois aussi, et je vais aller tout à l'heure l'inviter à venir dîner avec nous demain. Nous lui dirons toute la vérité, et nous suivrons ses conseils. »

En ce moment parut Yvonnette, qui, de sa fenêtre, avait vu Henri entrer dans la cour et qui s'était hâtée de sécher ses larmes. Elle jeta sur le jeune homme un regard plein de reproche.

« Pardonne-lui, Yvonnette, lui dit son père en souriant, nous savons maintenant la cause de sa longue absence, et je lis dans tes yeux que tu la connais aussi bien que nous. Ne songeons donc plus au passé, et occupons-nous de l'avenir. Donnez-moi la main, monsieur de Vilnois, et embrassez votre fiancée. »

Le visage de la jeune fille s'empourpra; Henri, transporté de joie, dépassa quelque peu la permission qui lui était accordée.

Cependant Jean Kernoc, qui, sur l'ordre muet du maître, avait été obligé de sortir de la salle avec ses camarades, se préparait à porter le grand coup.

« Toujours des mystères, se disait-il, cela ne peut plus durer longtemps; mon père saura aujourd'hui où l'on en est, et alors, gare la bombe! »

Le lendemain, le fermier, sa femme et sa fille, se dispensèrent de se mettre à table avec leurs gens, ce qui n'arrivait que dans les grandes occasions, et tout fut préparé pour recevoir convenablement le bon curé qui arriva bientôt.

Sans être tristes, les convives paraissaient plus graves que d'habitude; tous semblaient pressentir quelque événement important. Le dîner se ressentit de cette sorte de contrainte: au dessert, sur un signe de sa mère, Yvonnette se retira, et, dès qu'elle fut sortie, Kérouët fit l'exposé de la situation que l'excellent abbé

Vignon écouta avec attention. Il garda quelques instants le silence quand Kérouët eut fini, puis il dit :

« On ne peut pas se dissimuler qu'il y ait là d'assez graves difficultés à vaincre. Vous avez raison, Kérouët; mieux eût valu attendre des jours meilleurs; mais les jeunes gens sont toujours pressés de vivre, et c'est déjà beaucoup, en ce temps de troubles, de vouloir vivre bien, sans offenser la morale divine dont la puissance ne s'éteint jamais, même au cœur des méchants. Vous avez pensé que, dans ces circonstances, je pourrais vous être en aide; je le puis en effet, et vous êtes de trop honnêtes gens pour que j'hésite à vous le dire. Notre maire, Jacques Quérion, qu'on a fait magistrat presque malgré lui, est un excellent homme qui a trouvé commode de laisser entre mes mains les registres de l'état civil, sur lesquels, à ma requête, lorsque cela est nécessaire, il appose sa signature tant bien que mal. Il mariera ces chers enfants-là comme il dit son *pater*, sans s'occuper de ce qui se passe autour de lui. De mon côté, en publiant les bans au prône, rien ne s'opposera à ce qu'un rhume m'empêche d'élever la voix, et j'espère que Dieu me pardonnera ce subterfuge en faveur de l'intention. Tout cela n'aura pas grand retentissement, et il y aura deux heureux de plus en ce monde.

— Ah! monsieur le curé, dit Périne en joignant les mains, recevez mes actions de grâces! Sans vous, sans votre aide, ma pauvre fille mourrait de chagrin... Oh! je sais cela, moi!

— Bon, bon, faites dresser le contrat; il ne faut pas que cela traîne en longueur.

— Le notaire sera ici demain à cette heure, dit le fermier, et, comme il ne peut y avoir de discussion, son office sera promptement rempli. »

Le lendemain, en effet, le garde-notes arrivait à la ferme dans l'après-midi; mais, dès le matin, Jean Kernoc, qui avait écouté aux portes et tout épié, s'était rendu chez son père pour l'avertir de ce qui se passait.

« Sois tranquille, lui avait dit le citoyen adjoint, je serai là; le citoyen brigadier et ses quatre hommes y seront avec moi, et nous verrons si ce nobliot est de taille à nous manger la laine sur le dos. »

A l'heure convenue, le notaire libellait le contrat dans la grande salle de la ferme; on faisait silence autour de lui, lorsqu'un bruit de voix et de fer se heurtant aux cailloux se fit entendre; presque en même temps la porte extérieure s'ouvrit brusquement, et l'on vit apparaître, flanqué de quatre gendarmes, l'adjoint Kernoc, orné de son écharpe tricolore. Périne pâlit, Kérouët et le notaire n'étaient guère plus à leur aise; Henri essaya de les rassurer.

« Rassurez-vous, mes bons amis, leur dit-il; ces messieurs se sont donnés beaucoup de peine pour rien.

— C'est ce que nous allons voir, dit gravement Kernoc. Je me présente ici au nom de la République une et indivisible. D'abord toi qu'on appelle ici Henri, tu n'es qu'un ci-de-

vant, un émigré, fils d'émigrés ; tu as quitté
Paris sans papiers pour venir te cacher ici.
C'est pourquoi je te somme d'exhiber sur-le-
champ, en présence des citoyens gendarmes,
lesdits papiers, et d'obéir, en nous suivant sans
résistance, au mandat que voici. »

Et il tira de sa poche un portefeuille cras-
seux pour en extraire le mandat. Henri l'arrêta
d'un geste impérieux.

« Et moi, dit-il d'une voix assurée, je te dé-
nonce aux citoyens gendarmes comme cou
pable d'attentat à la liberté d'un citoyen paisible, et si ce n'est assez, je ferai connaître dès
demain ta conduite anarchique et anti-répu-
blicaine au citoyen représentant du peuple en
mission à Nantes, dont j'ai l'honneur d'être
cousin germain. »

En parlant ainsi, il présenta au brigadier un
passeport parfaitement en règle, et le certificat
délivré par le comité de sûreté publique, con-
statant que son père et sa mère avaient été
rayés de la liste des émigrés.

L'adjoint Kernoc pâlit à son tour ; le fermier,
sa femme et le notaire étaient muets de surprise.

« Nous n'avons rien à faire ici, dit le brigadier en remettant à Henri les papiers qu'il
avait examinés ; nous constaterons seulement
qu'en cette circonstance, le citoyen adjoint a
manqué à ses devoirs civiques envers nous et
nos chevaux, en nous faisant mettre en campagne pour le roi de Prusse. Père Kérouët,
nous savons que vous êtes un bon citoyen ;
mais il y a sûrement, chez vous, une bête ve-

nimeuse qu'il faut chasser au plus vite, et qui nous tombera quelque jour sous la main. »

Jean Kernoc qui écoutait à la porte, s'enfuit sans en entendre davantage; l'adjoint sortit l'oreille basse, et les gendarmes se retirèrent après avoir bu à la santé des braves gens qu'ils regrettaient d'avoir dérangés si mal à propos.

« Méchant garçon dit en souriant le fermier à Henri, pourquoi nous avoir laissé ignorer jusqu'ici que vous possédiez ce bienheureux passeport.

— Je vais vous le dire, cher père : ne sachant comment vous accueilleriez ma demande, je vous ai laissé croire que je ne pouvais m'éloigner d'ici sans courir les plus grands dangers... J'espère que vous me pardonnerez. »

Il alla embrasser Périne; Kérouët lui tendit la main; Yvonnette avoua tout bas, en cachant son visage sur le sein de sa mère, que si elle n'avait pas montré d'effroi c'est que Henri l'avait mise dans le secret, et ce fut la joie au cœur, qu'après avoir signé le contrat, tout le monde se mit à table.

On trinquait gaiement lorsque, dans le pénombre de la porte, demeurée entr'ouverte, apparut un beau soldat portant sur les manches de son habit d'uniforme les galons de sergent.

« Frédéric! Frédéric! s'écria Périne.

— Moi-même, ma bonne mère! »

Et ils tombèrent dans les bras l'un de l'autre.

« Mon ami, lui dit Kérouët quand tout le monde l'eut embrassé, et qu'on fut un peu remis de cette heureuse surprise, je te présente ton beau-frère. »

Et il prit la main d'Henri, et les deux jeunes gens s'embrassèrent cordialement.

« J'avais deviné qu'il se préparait quelque chose comme cela, dit en riant le sergent, en remarquant que la main d'Yvonnette avait tremblé, à certain endroit de la dernière lettre qu'elle m'a écrite. Tout est pour le mieux : la paix est faite; je reviens avec mon congé, et j'arrive à point pour aller à la noce. On n'est pas plus heureux que ça.»

Le mariage se fit quelques jours après, et la joie continua à régner dans la ferme. Au bout d'un certain temps, Kérouët réunit sa famille.

« Mes chers enfants, dit-il, je me fais vieux, et j'ai résolu de mettre ordre à mes affaires. J'ai assez de bien pour en faire deux parts, et je voudrais que chacun de vous, Frédéric et Henri eût celle qui lui convient le mieux.

— Cher père, s'empressa de dire Henri, vous avez fait de moi le plus heureux des hommes, je n'en puis vouloir davantage.

— Il faudra pourtant bien en venir au partage reprit le fermier, et je voudrais qu'il se fît de mon vivant.

— Et moi, mon père, répliqua de Vilnois, je vous prie de ne rien partager, et de laisser tout à Frédéric; et, puisqu'il faut vous le dire, cela fait, je serai encore plus riche que lui.

— Quoi, Henri, vous seriez...

— A peu près millionnaire. cher père; j'ai aux environs de 50,000 livres de rente, et je me propose de faire rebâtir le château de Vilnois, où nous pourrons vivre tous ensemble si vous le voulez.

— Henri, c'est une trahison !

— Je le sais bien, et je ne m'en repens pas. Je vous savais capable de me refuser la main d'Yvonnette, si je vous avais dit toute la vérité sur ce point. Vous êtes fier, je ne m'en plains pas; j'ai été discret, pourquoi vous en plaindriez-vous ?

— Ah ! chère femme, s'écria le vieillard en prenant les mains de sa femme, qu'on est heureux d'avoir de tels enfants ! »

Ces paroles furent les dernières prononcées dans cette conférence; elles seront aussi les dernières de notre récit.

LES MARIAGES DANGEREUX

Il ne s'agit point ici d'une question appartenant à l'ordre moral; les mariages dangereux dont nous voulons parler ne sont pas les mêmes que ceux que nous avons déjà signalés.

Nous touchons à un côté tout à fait physique de notre étude, et, pour l'examiner, la philosophie doit pour un instant faire place à la médecine.

La santé n'est pas une des moindres conditions du bonheur conjugal. Dans les unions pauvres surtout, elle peut compter comme le premier des biens, car c'est elle qui assure la continuité du travail et, par suite, la sécurité de l'avenir : dans les ménages riches, elle donne la tranquillité d'esprit, elle double les jouissances du luxe, elle est l'agent indispensable du bien-être.

Un homme d'une mauvaise santé est plus à plaindre qu'un mendiant, dont le corps robuste s'accommode de tous les régimes.

Le financier Beaujon était riche à millions ; il avait plusieurs hôtels magnifiques ; sa cave était garnie des vins les plus exquis et les plus rares ; sa table était mieux servie que celle du roi ; mais le financier Beaujon était aveugle et il avait un mauvais estomac.

Un jour, un de ses amis vantait à l'intendant de Beaujon les richesses de son maître :

« Il a un cuisinier hors ligne, disait-il.

— C'est vrai ; mais monsieur ne peut goûter de sa cuisine.

— Sa cave est riche en grands crûs de toutes sortes.

— Oui, mais monsieur est condamné à ne boire que de l'eau.

— En outre, et c'est là un régal de tous les instants, il a des jardins merveilleux et une galerie de tableaux comme il n'en existe pas deux en Europe.

— Hélas! vous oubliez, conclut l'intendant, que mon pauvre maître est aveugle. »

Quelle leçon et quel supplice! Le dernier des palefreniers n'aurait pas échangé sa misère contre l'opulence du financier.

Une santé à toute épreuve, voilà le meilleur apport d'un époux. Avec cette arme, il lutte

vaillamment contre l'adversité et il triomphe
au combat de la vie.

C'est pourquoi il faut soigneusement s'occuper de cette question de la santé quand on
songe au mariage. Et il ne suffit pas, croyez-
le bien, que les deux époux soient sains de
corps au moment où ils contractent cette alliance, il faut encore qu'aucune cause connue
ne puisse altérer la perfection de leur économie
physique.

L'être qui doit résulter du mélange de ces
deux sangs doit venir au monde sain et fort,
et, pour cela, il faut que rien ne trouble la pureté des sources où il a puisé la vie.

L'importance d'une bonne santé, en matière
conjugale, n'a pas besoin d'être longuement dé-
veloppée. Nous voulons réserver nos argu-
ments pour combattre certaines unions, dangereuses dans leurs effets et en tout contraires
aux lois de la nature; nous avons nommé les
mariages consanguins, c'est-à-dire les mariages entre personnes procédant de la même origine, tels que les cousins germains ou issus de
germains.

Dans certaines classes de la société, une
sotte considération d'amour-propre écarte les
étrangers de l'alliance des familles; les grandes
races, jalouses de la conservation de leur nom
et de ce qu'elles appellent, bien mal à propos,
la pureté de leur sang, ont souvent donné
l'exemple de ces singulières proscriptions.

Telle famille, qu'on pourrait citer, ne se renouvelle que par des unions contractées dans
son propre sein. L'oncle épouse sa nièce, le

cousin germain sa cousine, et ce mélange d'un même sang fonde des générations sans vigueur, appauvrit la race et prépare son extinction.

Les enfants nés de tels mariages sont souvent rachitiques et peu viables; les maladies ont en eux une proie facile; ils sont sujets à une foule d'accidents et, quand ils arrivent à l'âge viril, c'est pour donner naissance à des êtres encore plus imparfaits.

La vie semble retenue comme par miracle dans ces corps appauvris; ils vieillissent avant l'âge et s'éteignent au moment où l'homme jouit d'ordinaire de toute la plénitude de ses forces.

Nous connaissons une famille que les mariages consanguins ont amenée à un état de décrépitude véritablement déplorable. Depuis plus de cinquante ans, tous les enfants de cette race naissent sourds; ils se marient entre cousins et se reproduisent dans cette malheureuse condition.

Que faudrait-il pour régénérer ces familles agonisantes? Un peu de sang étranger mêlé à ce sang vicié par l'abus qu'il a fait de lui-même.

Là est le remède; là est aussi le préservatif.

Pour qu'une race reste forte, il faut qu'elle emprunte aux éléments étrangers.

Voilà pourquoi il faut toujours conseiller les mariages entre personnes opposées de tempérament et d'origine.

Un tempérament lymphatique et un tempérament nerveux alliés ensemble produisent un être plus fort que celui qui est le résultat de deux tempéraments similaires.

Le grand principe des contraires est vrai ici, comme dans la théorie de l'électricité.

Mariez un homme du nord à une femme des pays méridionaux; mélangez les sangs, croisez les types; c'est par cette fusion de races qu'on arrive à constituer un peuple fort. Les préjugés de caste, les réserves absurdes doivent être proscrits comme attentatoires à la santé publique; si cette loi n'est pas écrite dans notre législation, qui a la mission de s'occuper de questions purement morales, elle est du moins comprise dans les plus simples règles de l'hygiène.

Tout le monde admet cette vérité, même ceux qui ne la pratiquent pas.

C'est que là, comme dans bien d'autres cas, la question de santé est primée par une malheureuse question d'*affaires*.

Les grandes familles veulent conserver intact le patrimoine qui fait leur seule puissance — maintenant que les noms n'ont de valeur que par celle de l'homme qui les porte — et, pour ne pas le morceler, pour ne pas le répandre au delà de leur centre, elles se condamnent à ces unions qui doivent être tôt ou tard la cause irrémédiable de leur dégénérescence physique et morale.

Tous les écrivains spéciaux se sont vivement élevés contre l'abus des mariages consanguins; mais que peuvent des théories — si excellentes qu'elles soient — en présence de l'intérêt et de l'orgueil humain?

JENNY

LA JEUNE OUVRIÈRE

CHAPITRE PREMIER

Les trois amours.

Dans toute la rue Saint-Denis, il n'y avait pas une grisette plus jolie, plus rose, plus fraîche, plus gaie, plus pimpante, que Jenny la fleuriste.

Grisette, ici, s'entend dans le bon sens du mot. Jenny n'était pas une de ces têtes folles qui jettent l'argent et l'amour par les fenêtres; sobre, simple, rangée et avec cela point timide, ayant l'œil fin et la repartie leste, elle rappelait un peu la Rigolette des *Mystères de Paris*, et mieux encore cette *Jenny l'ouvrière*, son homonyme, que la Chanson populaire a illustrée.

Elle habitait, vers l'église Saint-Leu, une chambrette au quatrième étage.

Sur sa fenêtre s'étalait le pot de réséda traditionnel, à côté de la petite cage où babillaient deux pinsons.

Dès le matin, on voyait Jenny en casaque blanche, les cheveux déjà coquettement arrangés, s'approcher de la fenêtre et donner au réséda le verre d'eau, et aux pinsons la poignée de grains indispensables à leur existence de fleur et d'oiseaux.

Après quoi elle se mettait à l'ouvrage et n'en bougeait pas avant midi, heure du déjeuner.

Repas sommaire que ce déjeuner; un peu de lait et du pain. La table était bien vite mise, bien vite ôtée, pour céder la place aux fleurs qui, jusqu'à dix heures du soir, prenait tout le temps de la jeune fille, abstraction faite d'une heure consacrée au dîner.

Cette existence si bien réglée semblait ne pouvoir donner place à la moindre aventure, et pourtant Jenny n'était pas tranquille.

Elle avait fort à faire pour défendre son cœur auquel prétendaient bien des gens.

Pour le moment, trois compétiteurs se le disputaient : un commis d'agent de change; un bon commerçant de la rue Thévenot, et un jeune ouvrier graveur.

L'agent de change représentait l'amour vénal, le commerçant, l'amour au point de vue prosaïque et pratique, le mariage avec la perspective d'un comptoir pour trône; l'ouvrier, l'amour purement sentimental et doublé de cette circonstance très-louable qu'on appelle le bon motif.

Entre ces trois passions également brûlantes,

quoique procédant de sources différentes, Jenny ne perdait pas la tête.

Elle écoutait les beaux discours de l'agent de change, mais elle lui riait au nez quand il parlait de rendez-vous, de cachemires ou de cabinets particuliers ; elle se moquait des grosses galanteries du marchand qui la bourrait de sucre de pommes et de marrons ; elle soupirait un peu avec l'ouvrier graveur qui faisait du sentiment à toute heure, comme s'il eût été payé pour ça.

Pour rendre plus clair notre récit, il faut en nommer les personnages :

L'agent de change s'appelait Torsier : le commerçant, Barbigel ; l'ouvrier, Félix Meunier.

Ce dernier avait sur ses concurrents un avantage ; il habitait dans la même maison que Jenny, et pouvait la voir presque à toute heure.

Il faut le dire aussi, la fleuriste avait un certain penchant pour le graveur, mais ce penchant elle ne se l'avouait pas encore ; elle flottait indécise entre les trois routes qui lui étaient ouvertes : la vie facile et élégante avec Torsier ; le mariage banal avec Barbigel, l'union sentimentale avec Félix.

On ne sera donc pas étonné, la sachant aussi peu sûre d'elle-même, de la voir accueillir avec une grâce égale les trois esclaves de ses charmes.

L'AMOUR RÉCOMPENSE

CHAPITRE II

Le bal de l'Opéra.

Un samedi soir, — on était en carnaval, — comme Jenny serrait son ouvrage et se préparait à se coucher, on frappa doucement à sa porte.

«Qui est là? demanda l'ouvrière.

— C'est moi, ouvrez?

— Qui, vous?

— Moi! parbleu, Charles Torsier.

— Passez votre chemin, brave homme, on n'entre pas chez moi si tard.

— Ouvrez, insista l'agent de change, j'ai absolument besoin de vous parler.

— Pour affaire grave?

— Très-grave.

— Entrez alors, mais dites vite.»

Et Jenny ouvrit la porte. Comme on le voit, elle n'était pas timide à l'excès; mais elle savait que la vertu a sa force en elle-même, et ne redoutait aucune attaque.

Quand la fleuriste aperçut Torsier, elle partit d'un grand éclat de rire.

Cet homme, qui venait pour une affaire grave, était costumé en chicard extravagant, et portait sur le bras un domino en soie rose.

« Que signifie cette mascarade ? demanda Jenny étonnée.

— Cela signifie que je viens vous chercher pour aller au bal.

— Au bal, avec vous ?

— Au bal! avec moi!

— Vous n'y pensez pas, monsieur Torsier.

— J'y pense beaucoup, au contraire; la preuve, c'est que voici votre domino :

— Cette pelisse rose ?

— Comme vous dites. Je vous emmène à l'Opéra; rien que cela, ma belle. L'avez-vous vu quelquefois, l'Opéra ?

— Jamais. On dit que c'est beau.

— Vous m'en direz des nouvelles. Décidez-vous. Nous danserons un brin; après quoi nous irons manger des huîtres et boire une coupe de champagne; voilà le programme.

— Ta, ta, ta. Je ne vais pas aussi vite que ça, moi. Des quadrilles! des huîtres! du champagne! Un instant. Je n'accepte rien sans savoir la raison des offres qu'on me fait.

— La raison! c'est que je vous aime, par-bleu! je vous l'ai dit plus de deux cents fois!

— Et moi, je ne vous aime pas; je vous l'ai dit plus de mille.

— Bon! vous me le direz encore une fois; mais venez. Je ne vous demande rien, que diable! Et vous ne serez pas perdue pour m'avoir accompagné au bal.

— Et si on me reconnaît?

— On ne vous reconnaîtra pas. Voici un masque.

— Et si j'accepte, vous me ramènerez ici?

— Dès que vous le voudrez.

— Vous ne vous vanterez à personne de m'avoir conduite à l'Opéra?

—Je vous le jure. A qui le dirai-je, d'ailleurs,

mes amis ne vous connaissent pas, et je ne connais pas les vôtres.

— Bah! après tout, je suis ma maîtresse, allons-y gaîment, fit la fleuriste. »

Elle passa dans son alcôve, se chaussa, et, en moins d'une minute, reparut masquée et vêtue du domino que Torsier avait apporté.

« Passez devant, je vous suis, ordonna-t-elle à son cavalier. Je ne veux pas qu'on nous voie descendre ensemble. »

Quand le boursier fut sorti, elle jeta sur son costume de bal un grand châle noir, se couvrit la tête d'un capuchon et descendit à pas furtifs.

Torsier l'attendait dans une voiture, où elle s'assit en face de lui.

« A l'Opéra, cria le jeune homme au cocher. »

Quand Jenny se trouva jetée dans la chaude atmosphère du bal, au milieu de ce flot humain, bariolé et turbulent, elle perdit un peu la tête, et s'appuya au bras de son cavalier.

« Bien, pensa ce dernier qui avait compté sur cet enivrement inévitable, je la tiens. Bien fine elle sera, si ce soir je ne suis pas un heureux coquin. »

Cependant, Jenny se dégrisait peu à peu. En vraie Parisienne, elle était apte à s'acclimater dans les milieux les plus disparates.

Après une demi-heure de promenade, elle demanda à danser.

« Vous voulez danser, Jenny. Vous n'êtes donc pas étourdie par tout ce tumulte et aveuglée par cette poussière.

— Moi? nullement. »

Torsier dansa. Il dansa tant et si bien, que
vers trois heures du matin, il était littéralement
éreinté.

Jenny, elle, semblait calme et reposée comme
si elle venait de faire une petite promenade
hygiénique.

Les femmes ont le secret de ces dépenses de
force, qui brisent l'homme, tandis qu'elles sem-
blent y puiser une nouvelle vaillance.

« J'ai faim, j'ai soif, je suis accablé, avoua
enfin Torsier. Allons souper.

— Allons souper, répéta docilement l'ouvrière. »

Torsier conduisit Jenny à la maison d'Or et
demanda un cabinet.

« Pourquoi un cabinet? interrogea la jeune
fille.

— Nous serons mieux, se contenta de répondre le boursier. »

Sur ce mot, il rédigea une carte succulente
et donna l'ordre au garçon de servir promptement.

Le commencement du souper fut silencieux;
on avait faim, motif suffisant pour ne rien dire.

Mais bientôt le champagne fouetta la verve
du commis.

Assis d'abord en face de Jenny, il se déplaça
peu à peu, sournoisement, et finit par se trouver tout à côté d'elle.

« Jenny, dit-il, en lui prenant la main, causons sérieusement si vous voulez?

— J'aime autant causer gaîment, nous ne
sommes pas ici pour nous ennuyer.

— Soit. »

Et Torsier décoiffa une nouvelle bouteille de champagne.

« Causons donc gaîment, dit-il ensuite. Jenny! mon ange, je t'aime!

— Dieu! que vous avez l'air drôle en faisant ces yeux-là. Ne dites donc pas de bêtises, s'il vous plaît.

— Je te dis que je t'aime, répéta Torsier, qui toujours buvant commençait déjà à prendre de l'audace en sens direct de la raison qu'il perdait, et je ne demande qu'à te le prouver.

— Parbleu, vous n'êtes pas difficile, mon cher. Mais ne me tutoyez plus, s'il vous plaît.

— Je suis masqué, tu es masquée, nous sommes masqués et j'ai le droit de te tutoyer.

— A votre aise, je vous pardonne, attendu que vous êtes gris.

— Gris, moi gris! Elle est charmante. La preuve que ne suis pas gris, c'est que je t'aime.

— Vous vous répétez, mon cher; c'est ennuyeux à la fin. Vous m'aimez, c'est convenu, n'en parlons plus.

— Parlons-en au contraire. Tu comprends bien que je ne t'ai pas amenée ici pour des prunes, Hé! hé! ici, vois-tu, on est chez soi et on laisse la vertu à la porte.

— Ne l'écoutez pas, c'est un scélérat, cria une voix du cabinet voisin.

— Vas-tu te taire, ivrogne! répéta Torsier, qui reprit: Donc, Jenny, pas de façons entre nous, et pour commencer, tu peux m'embrasser.

— Vous êtes bien bon. »

Avec ces mots, le plus joli soufflet que jamais femme ait donné tomba sur la joue du galant.

« Oh! oh! dit-il, comme vous le prenez? »

Puis revenant au ton gai :

« Allons, la belle, je vais te rendre ton soufflet, mais d'une autre façon, sais-tu? »

Et il voulut l'embrasser.

Jenny se déroba lestement à l'accolade.

« Pas de bêtises, dit-elle. Expliquons-nous.

— Je veux bien.

— Voulez-vous m'épouser?

— Cette bêtise! est-ce qu'on s'épouse.

— Alors, à bas les pattes, mon petit. Et à votre santé »

Et Jenny versa crânement à boire au malheureux qui n'avait certes pas besoin de ce supplément.

Il tenta encore une attaque contre la grisette; mais il n'y gagna qu'une chose, le pendant du soufflet qu'il avait reçu.

« Maintenant que vous avez la paire, fit-elle, bien le bonsoir, mon cher, et merci pour votre bonne hospitalité. »

Cela dit, Jenny se débarrassa lestement de son domino qu'elle lança étourdiment sur la tête de Torsier, et parut vêtue de son costume de ville qu'elle avait eu soin de garder par-dessous le vêtement de carnaval.

Puis, couverte de son châle et de son capuchon, elle ouvrit la porte du cabinet et franchit rapidement l'escalier qui aboutissait à la rue.

Une fois sur le boulevard, elle se mit à marcher rapidement et arriva vers six heures à la porte de sa maison.

Là elle dut faire un petit mensonge pour excuser sa situation.

«Hé, mam'selle Jenny, lui dit la concierge, vous voilà de retour bien tard?

— Ne m'en parlez pas. On est venu hier soir me chercher pour veiller ma tante, qui avait une attaque de goutte, et je n'en puis plus de sommeil et de fatigue. »

La concierge examina d'un air malin la tenue de Jenny; mais n'y trouvant pas sujet à critique, son opinion première se modifia, et tandis qu'elle montait l'escalier, la fleuriste l'entendit murmurer:

« Brave fille, va. »

Ce fut de la manière qu'on vient de voir que Jenny se débarrassa de son premier amoureux.

CHAPITRE III

L'amour à l'épreuve.

Restaient les deux autres, c'est-à-dire Barbigel et Félix Meunier.

Ceux-là étaient moins redoutables, puisque tous deux l'aimaient, nous l'avons dit, pour le bon motif.

Le jour qui suivit la folle aventure de Jenny, aventure dont on l'a vue se tirer à son honneur, Barbigel arriva portant, d'un bras, un énorme pot de confitures de cerises et de l'autre un magnifique géranium dans un vase de faïence bleue.

» Bonjour, mademoiselle Jenny, fit-il en déposant ses colis sur une table, j'ai pensé à vous ce matin et je me suis dit : il faut renouveler les fleurs de ma gentille amie et lui refaire sa provision de douceurs.

— Vous êtes trop bon, monsieur Barbigel, mais je vais être forcée de refuser vos cadeaux.

— Pourquoi ?

— Vous avez commencé par m'offrir un sucre de pomme, c'était bien et cela ne tirait pas à conséquence ; après le sucre de pomme est venu un paquet de pralines, bien encore, mais voici que vous passez les bornes — je ne veux pas de ces dépenses-là !

— Bah ! Laissez donc, cela me fait plaisir.

— D'accord, mais ce plaisir a un but et je n'y veux pas prêter la main.

— Ce but, vous le connaissez, mademoiselle Jenny ; je vous aime et il ne tient qu'à vous d'être ma femme ?

— Ceci demande réflexion.

— Pourquoi tant réfléchir ? — Vous êtes gentille, douce, sage, économe ; moi, je suis bon garçon, facile à vivre, et j'ai un commerce qui va bien. — Vous serez dans ma maison comme une petite reine ; toute la journée assise dans un beau fauteuil, derrière un comptoir en acajou ; le soir, dans un joli salon avec un tapis pour vos petits pieds.

— Oui, merci ! — Vous m'exposerez dans votre boutique, ni plus ni moins que vos bocaux de drogues; cela ne me sourit pas, cette existence d'étagère.

— Pourtant, c'est bien gai, allez — on voit les uns et les autres; on rend la monnaie; on cause un brin et la journée se passe sans qu'on s'en aperçoive, — puis, le dimanche, on s'en va dîner sur l'herbe, à Saint-Denis, à Vincennes, où l'on veut enfin.

— Non, c'est inutile, monsieur Barbigel, je ne suis pas décidée.

— Quelle tête! quelle tête! soupira le commerçant. — Tenez, vous me ferez perdre la raison.

— Je crois bien que vous l'avez déjà perdue.

— Pourquoi?

— Parce que je n'ai rien et que ce n'est pas votre affaire d'épouser une femme sans dot.

— Qu'est-ce que cela vous fait, puisque je le veux?

— Je dois être sage pour vous, monsieur Barbigel.

— Alors, qui épouserez-vous donc, si vous ne voulez pas de moi? gémit naïvement le boutiquier.

— Moi, s'il vous plaît, fit une voix joyeuse. »

La porte s'était ouverte, livrant passage à Félix Meunier, l'ouvrier graveur.

« De quoi? de quoi? vous! » se récria Barbigel furieux.

— Laissez le dire, reprit l'ouvrière, et ne soyez pas jaloux; je n'épouserai ni l'un, ni l'autre.

— Il faudra voir ça, mademoiselle, lança l'ouvrier. — Voilà un an que je suis inscrit pour être votre mari ; si vous ne vous prononcez pas, je me flanque mon burin dans le ventre.

— Là ! toujours vos idées dramatiques, vous !

— C'est comme ça — je n'ai plus de cœur à l'ouvrage, je maigris, je m'ennuie, et tout ça parce que vous refusez de faire le bonheur d'un brave garçon, qui vous aime bien, allez !

— En voilà assez. Laissez-moi tranquille tous les deux ; je suis bien où je suis — j'y reste. — Plus tard, on verra. »

Ce mot ne mit pas fin aux obsessions des deux rivaux ; un moment vint où Jenny ne put plus ajourner sa décision.

Mais Jenny voulait se marier selon son cœur. La position que lui offrait Barbigel était relativement brillante, mais elle se sentait plus de sympathie pour Félix.

Cependant elle ne voulait rien faire à la légère, songeant, — en sa petite tête — qu'en matière de mariage, on ne saurait trop prendre ses précautions.

On va voir comment elle opéra pour asseoir son jugement.

Un jour que les deux prétendants insistaient de nouveau pour obtenir le consentement tant de fois demandé, elle leur tint à peu près ce langage :

« Mes amis, puisqu'il le faut, je suis décidée..... à me décider ; mais avant de le faire, j'ai des choses graves à vous confier — Donc, dimanche prochain, jour de repos, nous nous en irons tous les trois manger une omelette à Asnières, et, au dessert, je vous promets que **vous serez fixé,** — par exemple, il faut promettre une chose : il faut promettre de se quitter bons amis.

— Nous le promettons, » firent d'une seule voix les deux rivaux.

Chacun fut exact à ce rendez-vous décisif — on se réunit chez la fleuriste; Barbigel offrit une voiture qui entraîna les trois voyageurs vers le chemin de fer de Saint-Germain, et une demi-heure après, ils entrèrent ensemble dans un restaurant situé en face l'île des Ravageurs.

Félix et son rival s'entendirent fraternellement pour régler le menu du festin, qui fut digne de la solennité pour laquelle on le préparait.

Les commencements du repas furent gais — Jenny affecta de ne pas toucher à la question délicate qui préoccupait tous les esprits, et elle tâcha de distraire ses convives par ses saillies et sa belle humeur.

Quand vint le dessert, et alors que les deux prétendants doucement émus par la générosité d'un bordeaux première, que Félix avait fait servir, commençaient à sentir renaître en eux la confiance et témoignaient ce sentiment par l'expression d'une gaîté plus vive, Jenny, au contraire, se recueillit et prit tout à coup un air grave :

« Monsieur Barbigel, » prononça-t-elle, « et vous monsieur Félix, le moment est venu de vous faire part de ma situation — vous verrez après ce qu'il vous reste à faire.

— Nous écoutons, » dit le graveur.

« Je suis née à Corbeil, » reprit Jenny, « e

j'y ai encore ma famille. — Cette famille-là, qui m'aime, qui m'a élevée; je n'ai encore rien fait pour elle — ce n'est pas l'ingratitude qui m'en a empêchée, c'est la nécessité. — Or, je me suis promis que, si je me mariais, ce ne serait qu'à la condition de pouvoir m'acquitter envers les miens, — donc, pour m'épouser, il faudra s'engager à prendre ma mère dans la maison.

Barbigel ne sonna mot; son instinct de négociant s'éveillait cependant en lui.

Quant à Félix, il fit un geste des épaules qui signifiait : Cela m'est bien égal.

« En outre, continua Jenny, il me reste un jeune frère que je voudrais bien envoyer à l'école à Paris.

— Il faudrait aussi se charger de celui-là ? demanda Barbigel, d'un air inquiet.

— Certainement, le pauvre petit ne peut pas rester tout seul à Corbeil, car j'y ai aussi une pauvre tante infirme qu'il faudrait faire venir.

A ce coup, Barbigel fit un bond sur sa chaise. Les projets de Jenny, ses prétentions plutôt, ne s'accordaient nullement avec ses calculs.

« Ma chère demoiselle, dit-il, je vous aime beaucoup; mais soyez raisonnable; vous pensez bien qu'on ne peut pas épouser toute une famille; c'est une charge, et....

— N'êtes-vous pas riche, monsieur Barbigel.

— Sans doute, mais ce n'est pas une raison. Renoncez à cette idée, mademoiselle, vous vous en trouverez bien et moi aussi. Puisque votre famille a vécu jusqu'à présent sans votre assistance, elle s'en passera bien encore. D'ailleurs nous lui enverrons de temps en temps quelques petits cadeaux.

— Et vous, monsieur Félix, demanda la fleuriste, quelle raison avez-vous à me donner?

— Moi, dit Félix cordialement, voici mon arrangement. La maman et la vieille tante, ça ne tiendra pas beaucoup de place dans la maison. On prendra un logement hors barrières et on les y installera le mieux possible; en échange de quoi elles soigneront les moutards, quand il en viendra.

« Pour le petit frère, nous l'enverrons à l'école municipale, et quand il sera en âge, je lui apprendrai mon métier. Pour joindre les deux bouts avec tout ce monde, je travaillerai deux heures de plus par jour. Ce n'est pas plus malin que cela.

— Oh! tenez, monsieur Félix, s'écria Jenny, en tendant la main au graveur, vous êtes un brave cœur, vous. Et, par ma foi, je suis votre femme!

— Bah! dit Barbigel, et moi?

— Je puis tout avouer maintenant, termina Jenny. Je suis orpheline, je n'ai ni mère, ni tante; mais j'ai voulu tenter une épreuve; j'ai voulu voir jusqu'où irait le dévouement de chacun de vous. Vous avez gagné la partie, monsieur Félix. C'est vraiment vous qui m'aimez, puisque vous m'aimez jusque dans les miens. Embrassez-moi donc, mon petit mari. Sans rancune M. Barbigel! »

LE MARIAGE IMPROMPTU

CHAPITRE PREMIER

Un ennemi des femmes.

C'était vers 1830, dans un château de la Touraine. Quelques personnes étaient réunies dans le grand salon, sous la présidence de Mme la marquise de Châteauneuf, maîtresse de céans.

Parmi ces personnes, un jeune homme se faisait remarquer par sa belle tournure et sa fière mine.

Mais, quoiqu'il n'eût guère que vingt-cinq ans, on pouvait lire sur son visage une singulière expression de désenchantement et de scepticisme.

On était à l'époque des passions étranges, des sentiments exagérés.

Les uns rêvaient d'amours extraordinaires, de conquêtes héroïques, de luttes gigantesques: d'autres faisaient profession de ne plus croire à rien, pas même à l'amour.

Armand de Berle, — le beau jeune homme

que nous venons de signaler, — se complait parmi ces derniers.

A un âge où l'esprit est habituellement ouvert à toutes les impressions douces, à tous les sentiments les plus exquis, Armand se déclarait blasé sur tout.

Autour de lui, il voyait le mal et ne voulait pas voir le bien; il avait sur toutes choses des théories extravagantes et formulait sur tous les sujets les opinions les plus saugrenues.

C'est que jusque là son esprit seul peut-être l'avait inspiré et non pas son cœur.

Au moment où nous le mettons en scène, il entretenait contre la marquise une vive discussion, dont les femmes, l'amour et le mariage étaient le thème.

«Ainsi, disait la marquise, vous ne croyez plus à rien, monsieur de Berle, pas même aux femmes, que vous vous faites un méchant plaisir de calomnier.

— Madame, je crois aux femmes, mais je ne crois pas à la femme.

— La distinction est subtile et mérite d'être expliquée.

— Je veux dire, madame, que je ne crois pas à l'amour qui mène au mariage.

— Et pourrait-on savoir qui vous met en tête une si horrible opinion.

— Permettez-moi de vous répondre, avec Marivaux, madame : «Quand un homme me vante une femme et l'amour qu'il a pour elle, je crois voir un frénétique qui me fait l'éloge d'une vipère qui l'a mordu. La vipère n'ôte que la vie; les femmes nous ravissent notre liberté, notre raison, notre repos; elles nous ravissent à nous-mêmes et nous laissent vivre; ne voilà-t-il pas des hommes en bel état! Les hommes amoureux sont des esclaves ivres. Et à qui appartiennent ces esclaves? à des femmes, dont la vocation est de mettre en démence l'homme le plus raisonnable. »

— Et c'est Marivaux qui dit ces belles choses-là, M. de Berle?

— Précisément, madame la marquise.

—Eh bien, votre Marivaux est un impertinent. Que concluez-vous pourtant de ce beau discours?

— J'en conclus, madame, qu'il faut garder sa liberté.

— Garderez-vous la vôtre?

—Jusqu'à la mort.

— Vous ne voulez pas vous marier?

—Jamais, madame. Dieu m'en préserve!

— Pauvre enfant, sourit la marquise. Débitez-vous ces folies sérieusement?

— Très-sérieusement, madame. J'ai des principes arrêtés à ce sujet.

— Vos principes, monsieur, vous les puisez dans votre esprit. Jusqu'à présent, vous n'avez vu les choses de ce monde que par les yeux de l'esprit. C'est lui qui vous montre des monstruosités là où il n'y a rien que de très-naturel et de très-juste. Le jour où vous voudrez faire intervenir votre cœur dans vos jugements, où vous le laisserez parler, comme, j'en suis sûre, il a envie de le faire, ce jour-là vous serez sauvé.

— Ce jour-là ne viendra jamais, madame :
je me connais, et je réponds de moi.

— Ne prenez pas d'engagement téméraire,
et supposez un instant qu'un jour, dans un an,
dans un mois, dans une semaine, demain peut-
être, une femme s'offre à vous qui vous charme,
qui vous dompte, qui vous fasse oublier votre
esprit pour ne vous souvenir que de votre
cœur, où s'en iront vos théories, je vous le
demande ?

— Vous aimez les paradoxes, madame.

— C'est possible ; mais souvenez-vous, grand
philosophe, que vous ferez un mariage impromptu. Je vous connais ; chez vous le cœur
vit encore, malgré les écarts du cerveau.

— Nous verrons cela, madame, et l'avenir
nous dira qui de nous deux a tort ou raison. »

CHAPITE II

Les surprises du cœur.

Un an s'écoula. Pendant cette année, Armand de Berle avait repris son existence dissi-
pée, et sans doute, au milieu des distractions
de tout genre qui l'entouraient, il avait oublié
la prédiction de Mme de Châteauneuf.

La marquise elle-même n'y pensait proba-
blement plus; car lorsque l'automne ramena au
château la jeune sceptique, aucun mot ne fut
prononcé touchant la conversation que nous
venons de rapporter.

Deux jours après son arrivée, Armand se
promenait sous les grands arbres du parc, lorsqu'au détour d'un chemin, une vision radieuse
lui apparut.

C'était une jeune fille vêtue de blanc, blonde
avec de grands yeux noirs, pensifs et doux;
elle marchait doucement caressée par les
rayons du soleil tamisés à travers les branches,
et paraissait très-absorbée dans la lecture d'un
volume de poésie.

Elle ne remarqua pas ou feignit de ne pas remarquer la présence de l'étranger.

Armand se rangea pour la laisser passer, et,
sans se rendre bien compte du sentiment qui
l'animait, demeura tout pensif à la même place,
la regardant s'éloigner lentement à travers les
allées ombreuses.

Quand elle eut disparu, Armand reprit sa
promenade; mais, soit hasard, soit intention,
au bout de dix minutes il se retrouva en présence de l'étrangère.

Cette fois, en l'apercevant, elle rougit un
peu et parut, après ce léger signe d'attention,
se plonger plus avant dans la lecture de son
livre.

Armand n'était point embarrassé en présence d'une femme; il salua la belle promeneuse, et entama la conversation au moyen
d'une de ces banalités reçues entre gens héber-

gés sous le même toit, lors même qu'ils ne se connaissent point encore.

La blonde enfant s'arrêta, et ses beaux yeux se fixèrent sur Armand de Berle d'un air étonné.

Elle semblait lui demander compte de son importunité, et lui, le fat, le sceptique, l'invincible, se sentit trembler sous ce regard d'enfant.

Il voulut lui parler encore ; mais elle sourit, s'inclina gravement devant lui et prit sa course vers le château.

« Quelle est cette petite sauvage ? se demanda le jeune homme, étonné de ces étranges façons d'agir. Je le saurai, car je la trouve charmante. »

Il revint au salon où il trouva la promeneuse du parc assise à côté de Mme de Châteauneuf.

«Je vous présente ma nièce, dit cette dernière à M. de Berle. Ma chère Diane, c'est M. Armand de Berle dont je t'ai parlé.

— Oh ! je connais monsieur, lança la jeune fille ; je l'ai rencontrée tout à l'heure dans le parc.

— En effet, dit Armand, et j'ai produit un si heureux effet sur mademoiselle qu'elle est partie tout courant.»

Mme de Châteauneuf se mit à rire.

« Elle est un peu sauvage, cette chère petite ; mais excusez-là, mon ami, on la civilisera.»

Armand resta huit jours sans se rendre bien compte de ce qui se passait en lui.

Il continuait à voir Diane sans que la jeune fille parût lui accorder plus d'attention que le premier jour.

Cette réserve le révoltait et l'irritait. Il ne se sentait plus le même, et au fond de son être palpitait une sensation nouvelle. Son cœur s'éveillait, suivant la prédiction de la marquise.

Une autre semaine s'écoula sans apporter de changement à cette situation singulière.

Armand ne dormait plus ; il était inquiet, agité, presque brusque ; son esprit semblait éteint ; on s'étonnait de ne plus entendre ses saillies.

Certain soir, avant le dîner, il trouva la marquise seule au salon ;

«En vérité, madame, qu'ai-je donc fait à votre charmante nièce, qu'elle semble me fuir comme un fléau ? demanda-t-il d'un ton léger.

— Il faut le lui demander à elle-même.

— Ma foi, je n'oserais ; elle a des airs superbement indifférents qui m'imposent.

— Des airs indifférents ! Et quels airs voudriez-vous donc qu'elle eût, s'il vous plaît, monsieur le présomptueux ?

— Mon Dieu, je ne suis pas un ogre ; ne pourrait-elle au moins me répondre autrement que par des monosyllabes ?

— Allons, ne lui en veuillez pas. Sa situation excuse cette réserve.

— Sa situation ? Je ne comprends pas.

— C'est bien simple. Elle va se marier.

— Se marier ? Ah ! mon Dieu, quelle folie !

— Le mot est dur ; mais je vous le passe en raison de vos principes avancés.

— Et quel est le fortuné mortel à qui l'on destine mademoiselle Diane?

— Un officier de hussards.

— Un officier, peuh! cela ne vaut rien.

— Qu'en savez-vous, monsieur le critique?

— Le caractère de mademoiselle Diane est incompatible avec l'existence qu'il lui faudra mener. La femme d'un soldat est condamnée à l'isolement, aux inquiétudes, aux angoisses de toutes sortes. D'ailleurs, en principe, je condamne ce projet. Votre nièce ne sera jamais plus heureuse qu'en restant libre. Elle a une indépendance d'allures qui ne saurait se concilier avec la vie conjugale. Au reste, quel homme est-ce que cet officier?

— Un garçon de trente ans, distingué, spirituel et joli garçon, ce qui ne gâte rien.

— Quelque bellâtre, quelque joli cœur, un traîneur de sabre élégant, un soldat de salon, Je vois cela d'ici.

— Peste! comme vous le malmenez! Que vous a-t-il fait ce pauvre homme?

— Rien, ma foi! Et, pour le mal que je lui souhaite, je veux qu'il soit bientôt colonel avec une bonne balafre qui lui donne l'air martial.

— Vous êtes bien bon. Ne vous en occupez pas tant. »

Armand mordillait sa moustache avec impatience.

La marquise s'aperçut de la colère sourde qui grondait en lui.

« Qu'avez-vous donc? demanda-t-elle.

— Tenez, madame, fit tout à coup Armand de Berle, voulez-vous me croire? Ne mariez pas votre nièce; elle ne sera pas heureuse, ne la mariez pas! »

La marquise se croisa les bras, et regardant son interlocuteur d'un air narquois:

« Ah ça, mon cher de Berle, je serais bien heureuse de savoir ce que cela vous fait ?»

Armand tressaillit.

« Ce que cela me fait, madame, s'écria-t-il, prenant tout à coup un parti radical, cela me fait que je l'aime et que je vous demande sa main. Etes-vous contente, là ?

— Vous me demandez sa main, répéta la marquise en scandant ses mots au milieu d'un éclat de rire, vous?

— Oui, moi. Oh! je sais ce que vous allez me dire; je m'attends à tout. Vous allez me rappeler notre conversation de l'année dernière, mes théories d'homme blasé, mes déclamations contre les femmes, contre l'amour, contre le mariage; vous allez m'accabler de vos railleries. J'y consens et je fais amende honorable : j'avais tort et vous aviez raison. Votre prédiction est accomplie. Mon esprit est en pièces et je ne vis plus que par le cœur. Je n'avais jamais aimé, madame, et ce n'est qu'en voyant mademoiselle Diane que j'ai véritablement compris l'amour! J'espère qu'en voilà assez; je fais à votre orgueil la part assez belle pour que vous ne profitiez pas davantage de la victoire.

— Je suis charmée de vous avoir converti, dit froidement la marquise, malheureusement il est trop tard, la main de Diane n'est pas libre.

— Morbleu, je la rendrai libre, dussé-je aller

chercher jusqu'au bout du monde ce damné hussard, pour lui passer sa propre épée au travers du corps.

— Comme vous y allez! Vous voulez donc que l'on vous marie à l'impromptu?

— Le plus tôt possible. Dans huit jours! Demain! Aujourd'hui!

— Pourquoi pas tout à l'heure? Allons, jeune fou, calmez votre vaillance; tout n'est pas encore désespéré.

— Vous croyez, madame? interrogea Armand anxieux.

— Tout n'est pas désespéré; mais encore faut-il consulter ma nièce, dont vous voulez disposer si promptement.

— C'est vrai; mais vous lui parlerez, vous lui direz quels sont mes sentiments, et elle consentira.

— Eh! beau parleur, ne pouvez-vous lui raraconter tout cela vous-même?

— J'en suis incapable. Elle m'a ôté toute mon audace. S'il ne s'agissait que de lui crier cent fois par jour : Je vous aime! je vous aime! je m'y engagerais encore; mais, quant à trouver ces phrases, ces tournures galantes que je savais si bien autrefois, c'est impossible, voyez-vous, madame. Tout cet arsenal ne peut plus servir. »

Diane fut consultée. Elle parut étonnée de cet amour qu'elle avait inspiré sans en avoir conscience; elle s'y habitua, puis, suivant le penchant naturel de l'âme humaine, elle se prit à aimer à son tour.

« Si le hussard allait revenir, pensait Armand, pendant la durée de ces négociations. Oh! s'il revient, je le provoque; je me sens capable de provoquer tout un régiment pour conquérir Diane.»

Mme de Châteauneuf passait, souriante, au milieu de ce doux roman qui la reportait aux jours de sa jeunesse.

C'était elle qui avait savamment préparé cette union; pour Armand seul, c'était un mariage impromptu.

Il en hâta les préparatifs avec une activité fiévreuse.

Le terrible hussard lui apparaissait toujours venant réclamer son bien et lui disputer la main de Diane·

Enfin l'heure tant désirée arriva.

Quinze jours après la scène qu'on vient de lire, Armand de Berle était marié.

Pour lui venait de se vérifier l'exactitude de ce proverbe : Il ne faut jurer de rien.

Au sortir de l'église, Mme de Châteauneuf se, permit une petite malice à l'égard de son nouveau neveu :

« Armand, lui dit-elle tout bas, apprenez une chose : Le hussard n'a jamais existé. »

LA
DERNIÈRE CHARRETTE RÉVOLUTIONNAIRE

C'était peu de temps après le 9 thermidor; la fièvre révolutionnaire se calmait ; cependant le sang coulait encore et le peuple de Paris se réveillait souvent au bruit de la fatale charrette emmenant à l'échafaud les victimes des passions politiques.

Parmi les prisonniers enfermés à la Conciergerie et attendant leur jugement, se trouvait alors le jeune comte de Villers. Il avait vingt-cinq ans, et son crime avait été d'entretenir des correspondances avec son oncle, officier à l'armée de Condé.

Pourtant le comte ne s'était pas caché et n'avait pas cherché à quitter la France.

Il pensait que rien n'est préférable au ciel de la patrie, et, quoiqu'il ne partageât pas entièrement les opinions des gouvernants, il souhaitait avant tout le bonheur de la France et se déclarait prêt à le saluer d'où il lui viendrait.

Mais le comte avait dans sa maison même un ennemi : son intendant.

Ce misérable accusa son maître de conspirer avec les émigrés; sa correspondance fut saisie, et des termes de cette correspondance, qui se bornait cependant à des affaires de famille, parut ressortir sa culpabilité.

«Donnez-moi une seule ligne de l'écriture d'un homme, a dit un criminaliste, et je me charge de le faire condamner.»

En vertu de ce principe, il n'est pas difficile de comprendre comment il fut donné crédit aux accusations de l'intendant de M. de Villers.

Le comte fut donc arrêté. S'il ne s'était agi que de son bonheur, le jeune homme aurait facilement subi sa destinée.

Mais il aimait Mlle de Neuville, une jeune fille charmante dont on lui avait accordé la main et qui, de son côté, lui avait voué une tendresse profonde.

L'unique préoccupation du prisonnier était l'avenir d'Henriette; et cet avenir il le jugeait perdu, car il savait bien qu'il lui serait impossible d'échapper à l'arrêt d'un tribunal fortement prévenu contre lui.

Lorsque Henriette apprit la captivité de son fiancé, elle reçut ce coup avec un mâle courage.

«Je le sauverai, jura-t-elle.»

Et aussitôt elle se mit en campagne.

Sa famille était connue par son patriotisme. Henriette courut chez l'accusateur public, chez le président du tribunal; mais en vain elle plaida la cause de celui qu'elle aimait, en vain elle chercha à le justifier.

Repoussée de toute part, elle se résolut alors à tenter la délivrance du prisonnier.

Le lendemain, on vit arriver à la porte de la conciergerie une belle fille du peuple, portant au bonnet la cocarde aux trois couleurs, et sollicitant la permission d'entrer dans la cour où se trouvaient les accusés, afin de leur vendre quelques denrées, dont elle avait rempli un petit panier.

Cette permission était difficile à obtenir; mais la marchande était si jolie, elle mettait tant d'instance et de franchise dans sa démarche, que la rigueur des gardiens ne put tenir devant elle.

Elle entra. — Cette marchande, c'était Henriette, — on l'a sans doute deviné.

En pénétrant dans le préau réservé aux prisonniers, la courageuse fille le parcourut d'un coup d'œil et ne tarda pas à reconnaître le comte de Villers, assis à l'écart, sur un banc de pierre.

Elle se rapprocha de lui sans affectation; puis lui présentant son panier :

« Citoyen, dit-elle, voulez-vous m'acheter quelque chose?»

Le comte leva la tête, la reconnut aussitôt et étouffa un cri de surprise.

«Chut! fit-elle vivement; on nous regarde.»

Et elle s'éloigna après avoir remis à son amant un petit gâteau dans lequel, en le rompant, il découvrit un billet étroitement plié.

Ce fut ainsi qu'il apprit les intentions libératrices de Mlle de Neuville,

Pendant huit jours la marchande revint, et le plan d'évasion fut combiné.

Mais, pendant ces huit jours aussi, l'œil vigilant des gardiens avait remarqué la secrète intelligence établie entre la jeune fille et le prisonnier.

Une dénonciation fut faite par eux ; le comte fut fouillé, et on trouva sur lui le billet d'Henriette, qu'il n'avait pas voulu détruire, le regardant comme une précieuse relique d'amour.

En conséquence de cette découverte, le soir même Henriette fut arrêtée.

On l'emprisonna à la Conciergerie, et le lendemain, un délégué de la justice, accompagné d'un guichetier, se présenta pour l'interroger.

Henriette, voyant tout perdu, était décidée à avouer ses projets, et si son amant devait mourir, à mourir à ses côtés.

« Vous êtes Mᵐᵉ de Neuville ? demanda le juge.

— Oui.

— Avouez-vous, vous être introduite à la Conciergerie, sous un costume d'emprunt, pour y établir des intelligences avec des prisonniers ?

— Avec un seul.

— Nous le savons. C'est celui qu'on appelle Villers.

— Je l'avoue.

— Vous vouliez le faire évader ?

— Oui, puisque je n'ai pu persuader ceux qui le jugeront de son innocence.

— C'est bien ; le tribunal vous tiendra compte de cette franchise.

Mlle DE NEUVILLE A LA CONCIERGERIE

T. III

— Je ne demande qu'une grâce, c'est d'être appelée devant le tribunal en même temps que M. de Villers. »

Cette grâce, Henriette l'obtint.

Ce fut appuyée au bras du comte qu'elle comparut à la barre des accusés.

La culpabilité de M. de Villers était discutable; mais la tentative d'évasion, préparée par Henriette et acceptée par lui, perdit tout.

« Quand on est fort de son innocence, lui fit-on remarquer, on ne cherche pas à s'évader. »

Henriette intervint.

« Moi seule suis coupable, dit-elle. C'est moi qui ai forcé M. de Villers à accepter mes projets.

— Vous partagez donc ses sentiments?

— Entièrement.

— Et, sans doute, vous êtes prête à partager aussi le jugement qu'on prononcera contre lui?

— Je suis prête à le suivre partout, même à la mort. »

Le comte fit de vains efforts pour détourner de la tête de sa fiancée l'orage qu'elle y avait elle-même attiré.

Les deux jeunes gens furent condamnés.

La sentence devait s'exécuter le lendemain. Ils voulurent, avant de mourir, être unis devant Dieu, et un prêtre, prisonnier comme eux, leur donna la bénédiction nuptiale.

« Je mourrai avec courage, dit Henriette; le bonheur de t'appartenir me soutiendra. »

Quand vint l'heure terrible, Henriette et le

comte montèrent dans la fatale charrette qui devait les emmener au lieu du supplice.

Ils étaient seuls.

Une grande foule se porta sur leur passage, vivement émue à la vue de ces deux beaux jeunes gens qui allaient mourir à cet âge où la vie commence à peine.

La charrette s'avançait lentement. Les deux amants, tout à leur dernière heure de bonheur, ne voyaient rien autour d'eux.

Tout à coup un cri frappe leurs oreilles. La charrette cesse de rouler, et un homme à cheval se précipite dans la foule.

Il tient à la main un large pli.

«C'est votre grâce!» criait-il aux condamnés éperdus de joie.

La famille de Mlle de Neuville n'avait pas perdu de temps; elle avait usé de toute son influence, ébranlé la conscience des juges, et, après des efforts qu'il serait trop long de raconter, obtenu cette grâce qui avait failli arriver trop tard.

La charrette sur laquelle Henriette et le comte venaient de passer une heure si terrible fut la dernière charrette révolutionnaire.

Elle ne sortit plus de son ténébreux hangar; car la terreur avait accompli son œuvre sanglante, on revenait à des idées plus rationnelles, plus humaines, et une aurore de gloire et de rénovation se levait déjà sur la France.

LA NOCE AU PAYS

CHAPITRE PREMIER

Un homme de cœur.

En 1847, on remarquait à l'angle de la rue Saint-Victor, aujourd'hui démolie en grande partie, une petite boutique au-dessus de laquelle se lisait une enseigne en lettres rouges, portant ces mots :

BERTRAND BODARD,
Marchand de nouveautés.

L'histoire de ce marchand est instructive et vaut la peine d'être esquissée, car elle prouve ce que peuvent le travail et l'énergie mis au service d'une intelligence éclairée.

Bertrand était né à Bois-le-Roy, un petit village situé à quelques lieues de Paris; il était le septième enfant d'une famille aisée, et son père lui avait fait donner une éducation à peu près complète.

Ce jeune homme n'avait plus qu'une année d'études à faire pour entrer dans le monde, sous les meilleurs auspices, lorsque le père Bodard perdit toute sa fortune par un de ces

coups que la prudence humaine est trop souvent incapable de prévoir. Il fallut retirer Bertrand du collége et renoncer à lui faire embrasser une profession libérale, qui demande
habituellement beaucoup de temps et beaucoup d'argent avant de se traduire en bénéfices
pour celui qui l'exerce.

Les frères et sœurs de Bertrand étaient à
peu près placés, et tous avaient convenablement réussi; lui seul allait donc être privé des
avantages dont jouissaient ses aînés. Il le comprit dès le premier instant et dès lors aussi sa
résolution fut prise.

Quand il fut question de l'avenir du jeune
homme, son père le fit venir et lui dit :

« Tu sais, mon pauvre garçon, où nous en
sommes. De ma fortune d'autrefois, il ne me
reste qu'une petite rente, à peine suffisante
pour que je puisse vivre avec ta mère; je ne
saurais donc te fournir les moyens de te créer
une position aussi brillante que je l'avais d'a-
bord rêvée pour toi.

« Il faut que tu gagnes ta vie tout de suite,
et, pour cela, je ne vois qu'une carrière à embrasser : le commerce. J'ai à Paris quelques
amis qui s'empresseront, je n'en doute pas, de
se mettre à ton service et de te procurer une
place de teneur de livres ou de commis chez
quelque négociant.

« Demain donc, tu partiras pour Paris. En
prévision de ce voyage, j'ai mis péniblement de
côté une somme de 300 francs. La voici : cette
petite avance te permettra d'attendre sans inquiétude ton placement. »

Bertrand était un garçon de tête, c'était aussi un garçon de cœur; il prit la bourse qu'on lui tendait, l'ouvrit, en retira 150 francs, et remettant le reste à son père :

« Mon père, dit-il, je n'ai pas besoin d'autant d'argent. Je me sens le courage nécessaire pour réussir sans vous priver de vos épargnes; j'espère, avant peu, vous renvoyer les 150 francs que j'accepte aujourd'hui.

— Brave enfant, murmura le père Bodard en l'embrassant. » Bertrand partit; en arrivant à Paris, il se présenta chez divers commerçants auxquels on l'avait recommandé, mais aucun d'eux ne put ou ne voulut l'employer.

Déçu de ses premières espérances, il se jeta d'un autre côté, et voyant qu'il n'obtenait rien, malgré les recommandations dont il s'était muni, il se résolut à se tirer d'affaire sans le secours de personne.

Il alla s'offrir comme maître d'études dans un pensionnat, puis comme correcteur dans une imprimerie, mais partout encore il fut repoussé.

Ceux qui viennent à Paris dans l'espoir d'y trouver promptement une position, ne se figurent pas de quelles difficultés sont hérissés les abords de toutes les carrières.

Il faut lutter pendant des mois, quelquefois pendant des années avant de rencontrer un poste offrant quelques garanties de stabilité et d'avenir, heureux encore quand on a pu jusque-là trouver à vivre tant bien que mal, en acceptant toutes les occasions de travail qui pouvaient se présenter.

Après bien des démarches, et alors qu'il avait déjà dépensé les deux tiers de la somme que lui avait donnée son père, Bertrand trouva enfin un modeste emploi.

Il fut accepté chez un éditeur pour inscrire les adresses de diverses publications qui se répandaient toutes les semaines à Paris et dans les départements.

Ce rôle modeste ne lui parut pas indigne de lui. Il l'accepta courageusement, avec une résignation facile, car il était jeune, il se sentait fort et il se disait que l'avenir était à lui.

Tout alla donc le mieux du monde pendant quelques mois ; Bertrand faisait sa tâche quotidienne avec une ponctualité et un soin qui lui valurent bientôt toutes les sympathies de son patron.

Ce dernier avait d'ailleurs reconnu en lui de précieuses qualités intellectuelles et morales.

« Monsieur Bodard, lui disait-il souvent, vous n'êtes pas fait pour l'humble emploi que vous occupez ; il vous faut quelque chose de plus relevé, et je me charge de pourvoir à cette exigence dès que j'en trouverai l'occasion. »

Ces bonnes résolutions ne devaient pas aboutir : l'éditeur mourut inopinément ; ses héritiers vendirent sa librairie, et le nouveau propriétaire ayant des gens à lui, Bertrand fut remercié et se trouva de nouveau sans gagne-pain.

La lutte contre l'adversité recommença ; Bertrand se mit de nouveau en campagne ; il avait une petite épargne, il pouvait attendre pendant quelques semaines le résultat de ses démarches.

Un mois se passa sans amener aucun changement favorable à la position du jeune homme, et un matin, il constata avec effroi qu'il ne lui restait plus que cinquante francs, et que, dans quelques jours, il allait se trouver sans ressources.

On était alors aux derniers jours de l'année; la foire aux étrennes allait commencer, et déjà, le long des boulevards, on construisait les milliers de logettes en bois qui donnent asile, depuis la Noël jusqu'aux Rois, à la petite industrie parisienne.

Le front soucieux, Bertrand Bodard se promenait aux environs du pont Saint-Michel, songeant à l'avenir qui lui apparaissait chargé de nuages, lorsque son attention fut vivement sollicitée par le bruit que faisaient les marchands d'étrennes, en installant leurs denrées dans les boutiques en plein vent.

Ces gens-là sont heureux, se dit Bertrand, ils trouvent à vivre; ils se créent des ressources contre le besoin — que ne puis-je faire comme eux? — Pourquoi pas? A bas les sottes considérations d'amour-propre; je veux réussir, tout moyen doit m'être bon s'il est honnête!

En vertu de ce raisonnement très-pratique, Bertrand se mit immédiatement à l'œuvre.

Il loua une petite boutique, paya d'avance l'entrepreneur et entra dans une maison de papeterie pour acheter du carton, des crayons, du papier, des couleurs et de la colle.

Il avait trouvé une idée.

Bertrand dessinait fort joliment; — il découpa son carton suivant des contours tracés à l'avance et eut bientôt devant lui une rangée de bonshommes, très-variés d'aspect et saisissants de naturel.

Les bonshommes, une fois dessinés, il les peignit de couleurs vives et leur donna pour support un petit carré de bois blanc, qui leur permettait de se tenir debout.

Au bout de trois jours, Bertrand avait accompli un labeur relativement merveilleux; il avait dessiné, découpé, peint et mis sur pied six cents bonshommes!

Sa provision faite, il partit pour le quai Saint-Michel, où était sa logette, et y installa son bataillon de carton.

Chaque figure se vendait 25 centimes. — Ce fut une rage, quand elles parurent, les enfants se les arrachèrent et, le soir, Bertrand en eut vendu plus de deux cents.

— Oh! oh! se dit-il, voilà qui va bien; en présence de ce succès, je vais augmenter mes prix.

Et le lendemain, en effet, il ne céda pas un de ses grotesques à moins de 50 centimes.

La vogue continua.

Bertrand passa la nuit à combler les vides que le goût du public avait faits dans son magasin, et une nouvelle cohorte de bonshommes vint s'aligner derrière les premiers, plus réussis, plus amusants encore que ceux-ci.

Il les vendit jusqu'à 1 franc.

Bref, six jours après le 1er janvier, Bertrand

avait 600 francs dans sa poche, six cents francs gagnés à force d'énergie et de courage.

Pendant deux semaines, il n'avait dormi que deux heures par nuit, afin de pouvoir alimenter sa boutique.

Il comprit pourtant, malgré ce brillant début, que les choses du genre de celle qu'il avait créées ne pouvaient être appelées à une longue vogue, et il songea à un établissement plus sérieux.

Ce fut alors qu'il trouva à prendre la suite d'un marchand de nouveautés de la rue Saint Victor.

On ne lui demandait pas d'argent comptant. Il put donc commencer avec ses propres avances.

En 1847, il était établi depuis quatre ans et déjà, non-seulement il avait rendu à son père sa première et unique mise de fonds, mais encore il lui faisait une petite pension.

Vers la fin de cette même année 1847, ses affaires ayant prospéré au delà de ses espérances, il quitta l'humble quartier Saint-Victor et vint s'établir en plein Paris, sur la rive droite de la Seine.

Puis, il monta, il monta encore, si bien qu'à l'époque où nous plaçons le commencement de ce récit, c'est-à-dire en 1864, il était à la tête d'une entreprise colossale, riche à millions, comblé d'honneurs et de dignités.

Ce fut alors que l'homme heureux, dont nous venons d'esquisser le portrait — songea à se marier; il avait 35 ans, il n'avait plus rien à désirer, sinon le calme et la sérénité de la vie de famille.

Il vécut donc désormais avec l'ardent désir d'unir son existence à celle d'une femme digne de lui.

Mais Bertrand Bodard était difficile dans ses goûts; certes, s'il l'eût voulu, plus d'une riche héritière aurait été heureuse d'accepter sa main; mais, entre tous les partis qu'on lui proposait, il ne pouvait se résigner à choisir.

Il savait combien est délicate et difficile cette épreuve du mariage, et il ne voulait pas risquer à la légère son avenir; il rêvait une femme simple, chaste, douce et bonne, une mère de famille avant tout, et non pas une de ces poupées, comme les crée trop souvent l'éducation moderne.

Ces réserves que Bertrand apportait dans sa recherche, devaient un jour donner leur fruit.

CHAPITRE II

L'ouvrière.

La maison de commerce de Bertrand Bodard, — une des plus importantes de Paris, — occupait au dehors un grand nombre d'ouvrières.

Les unes confectionnaient pour son compte des vêtements de femme; d'autres brodaient; d'autres enfin inventaient et exécutaient ces mille futilités, ces ornements divers que la mode renouvelle si souvent.

Parmi ces dernières, il en était une que l'on nommait Louise Labbé.

Elle venait au magasin avec sa mère, toutes deux simples, modestes, toujours vêtues de noir, et inspirant le plus vif intérêt par leur air de distinction et de souffrance résignée.

Elles ne connaissaient pas Bertrand Bodard, qui ne paraissait que rarement au magasin, abandonné aux soins d'un premier commis, mais Bertrand Bodard les avait vues, un jour que caché derrière les vitrines du bureau de son caissier, il suivait d'un œil attentif les allées et venues des acheteurs, des commis et des ouvrières.

La touchante beauté de Louise le frappa.

Quand elle fut partie, il s'approcha du commis à qui la jeune fille venait de rendre son ouvrage.

« Monsieur Pascal, demanda-t-il, connaissez-vous la jeune personne qui vient de sortir?

— Sans doute, monsieur, répondit l'employé; c'est une de mes meilleures ouvrières.

— Que fait-elle?

— De la passementerie.

— Ah! Et à combien s'élève son gain par semaine?

— A vingt-cinq francs environ.

— C'est bien peu. Quelle est la personne âgée qui l'accompagne?

— Sa mère, je pense.

— Et, dites-moi, monsieur Pascal, savez-vous le nom de ces dames?

— La jeune fille s'appelle Louise Labbé.

— Labbé ! réfléchit tout haut Bertrand ; ce nom ne m'est pas inconnu ; il me semble qu'il y avait des Labbé à Bois-le-Roy. Connaissez-vous l'adresse de Mme Labbé.

— Elle habite rue Saint-Maur, n° 15.

— Oh! merci, monsieur Pascal. »

Et Bertrand Bodard remonta chez lui, laissant son commis assez intrigué de toutes ces questions.

Depuis ce jour, Bertrand se montra fort assidu à son magasin et eut le loisir d'étudier autant qu'il le voulait la physionomie de Louise et de sa mère.

Au bout d'un mois, il connaissait pour ainsi dire jusqu'à la dernière épingle de leur toilette.

Cet examen minutieux éveilla sans doute dans l'esprit de Bodard quelque singulière idée, car voici ce qui arriva peu de temps après.

Un matin, le riche négociant, très-simplement vêtu, se dirigea pédestrement vers la rue Saint-Maur et s'arrêta devant le n° 15.

D'un seul coup d'œil il parcourut la maison du rez-de-chaussée aux combles.

Cette investigation ne fut pas de longue durée, car la maison était étroite, basse et de pauvre apparence.

Au-dessus de la porte se balançait un écriteau portant ces mots : *Chambres à louer.*

En le lisant, un éclair de satisfaction parut dans l'œil de Bodard, et soudainement il franchit l'entrée du n° 15 et frappa à la loge du concierge.

« Que voulez-vous? fit la voix rauque du cerbère.

— Vous avez des chambres à louer? demanda Bodard.

— Oui.

— Sont-elles meublées?

— Non !

— Montrez-m'en une.

— C'est vingt francs par mois, lança le concierge, qui ne semblait pas de bonne humeur.

— Je ne vous demande pas combien c'est, riposta Bertrand impatienté; je vous demande à la voir. »

Le concierge leva les yeux vers l'homme qui lui parlait de ce ton hardi, et sans doute l'examen qu'il en fit fut favorable, car, sans rien ajouter, il prit un trousseau de clefs, sortit de sa loge et commença à monter l'escalier en faisant signe au jeune négociant de le suivre.

Arrivé au troisième étage, le concierge s'arrêta en disant :

« C'est ici. »

Il ouvrit ensuite une porte et fit voir à Bertrand Bodard une petite chambre à laquelle attenait une cuisine de 2 mètres carrés.

« Quand ça sera meublé, ajouta-t-il, vous m'en direz des nouvelles. La fenêtre donne sur la rue, la cheminée ne fume pas, la maison est tranquille...

— C'est ce que je désire avant tout, interrompit Bertrand Bodard, j'aime à n'être entouré que de gens honnêtes.

— Nous ne recevons que de ceux-là; vous serez bien avoisiné, je vous le promets, reprit le concierge qui devenait peu à peu moins réservé ; à votre droite, vous aurez M. Tallement, un graveur sur bois qui ne fait pas plus de bruit qu'un rat dans un fromage ; à votre gauche, deux braves femmes, deux ouvrières...

— Ah ! des femmes ! fit Bertrand.

— C'est ça qui est honnête, monsieur ; c'est ça qui travaille nuit et jour pour gagner sa pauvre vie.

— Bien, mon ami, trancha le négociant qui paraissait pressé d'en finir et qui avait été agréablement ému en devinant qu'il allait avoir pour voisines Louise Labbé et sa mère, je n'ai pas besoin d'en savoir davantage. Cette chambre me convient ; j'enverrai mes meubles demain. Voici le denier à Dieu. »

Et, pour rester dans son rôle, il glissa modestement cinq francs dans la main du concierge.

Le lendemain la chambre était meublée, et, depuis ce jour, Bertrand vint y passer de longues heures.

Il cherchait à pénétrer dans le secret de l'intimité de ses deux voisines et avait à cœur de les voir vivre et de les connaître, en restant lui-même inconnu.

Dans un coin de la pièce qu'il occupait se trouvait une porte alors condamnée, et qui autrefois communiquait avec la chambre de madame Labbé.

Cette porte était encore munie de sa serrure, dans le trou de laquelle on avait coulé du mastic pour éviter les courants d'air.

Bertrand, qui poursuivait patiemment son

système d'espionnage honnête, Bertrand, di-
sons-nous, fit sauter soigneusement le mastic
et, en collant son oreille au trou de la serrure,
il put entendre bien souvent la conversation
de la mère et de la fille.

Il n'attendait qu'une occasion pour faire
plus amplement connaissance avec elles.

Cette occasion ne devait pas tarder à lui être
fournie.

Un soir qu'il essayait de surprendre l'entretien de ses voisines et de se convaincre plus
que jamais qu'il était en présence d'une de ces
pauvretés fières, portant vaillamment et dignement le poids de la vie, voici la conversation
qu'il entendit :

« Je vous assure, ma mère, disait Louise,
que si cela continue, nous n'aurons plus qu'un
parti à prendre.

— Lequel ?

— Prévenir le commissaire de police.

— Hé ! que lui diras-tu, ma pauvre enfant ?

— Mais je lui dirai la vérité, ma mère ; je
lui dirai que depuis quelques jours, je trouve
chaque soir, en rentrant, dans cette rue, un
homme qui me suit et qui m'outrage par ses
honteuses propositions. Il doit y avoir une loi
pour punir de tels misérables.

— Je n'en sais rien, mais tu n'as pas donné à
cet homme le droit de se croire favorablement
écouté ; il s'est lassé sans doute, il a compris
qu'il avait affaire à une jeune fille laborieuse
et honnête, et il ne reviendra plus.

— Je le souhaite, ma mère, répondit Louise ;
ce qui ne m'empêche pas d'avoir bien peur.

— Ne crains rien; je t'accompagnerai.

— Vous ne le pouvez pas, ma mère; vous oubliez que vos douleurs vous retiennent ici.

— Oui, mais bientôt j'irai mieux; en attendant tu sortiras le moins possible et jamais la nuit : ce n'est pas que je craigne pour toi, ma chère enfant, les sottes audaces de ce séducteur de carrefour; mais une femme honnête doit se mettre à l'abri même d'une parole.

— Croiriez-vous, ma mère, continua la jeune fille, que cet homme a eu l'impudence, hier encore, de m'offrir un appartement. »

Madame Labbé répondit sans doute à cette confidence, mais, soit qu'elle eût baissé la voix, soit qu'elle se fût éloignée du point d'observation de Bertrand, ce dernier n'entendit plus rien ce soir-là.

Toutefois, il en savait assez.

« Ah! se dit-il, elle peut sortir seule maintenant. Je serai là, toujours derrière elle pour la défendre. »

Bodard tint cette promesse qu'il s'était faite à lui-même.

Dès cet instant, Louise ne sortit plus sans être accompagnée, à distance, par son mystérieux voisin.

Elle ne tarda pas à le remarquer, mais comme il n'avait pas l'air de faire attention à elle, comme sa démarche était modeste, ses allures très-simples, elle ne s'offensa pas de le trouver aussi fréquemment sur le même chemin qu'elle.

Disons plus; elle sentit peu à peu un certain calme gagner son cœur, en songeant à cette espèce de gardien qui paraissait avoir pris à tâche de veiller sur elle, et elle reprit peu à peu ses courses habituelles, un peu moins inquiète touchant les rencontres dangereuses qu'elle pouvait faire.

Il lui semblait que le cas échéant elle n'aurait qu'à aller vers Bertrand et à lui dire : Protégez-moi ; j'ai confiance en vous.

Pendant une soirée de novembre, alors que la nuit vient si vite, Bodard s'était posté à l'entrée de la rue Saint-Maur, espérant bientôt voir paraître Louise.

Il était cinq heures et un brouillard assez épais obscurcissait l'atmosphère.

Malgré ce voile brumeux, le négociant ne tarda pas à distinguer et à reconnaître l'élégante silhouette de Louise.

L'ouvrière marchait vite, comme affolée. Elle avait peur, en effet ; l'homme qu'elle avait déjà repoussé plusieurs fois, le séducteur acharné à sa perte, la suivait avec une nouvelle ardeur.

La longue résistance qu'il avait éprouvée déjà, peut-être aussi le brouillard qui allait s'épaississant et favorisait son impunité, lui avaient donné un redoublement d'audace, car il osa, à deux reprises, saisir le bras de la jeune fille.

« Laissez-moi, monsieur, laissez-moi, vous êtes un misérable, murmura celle-ci d'une voix étouffée par la colère et l'indignation.

— Allons donc, ma belle, soyons moins sauvage, que diable ! on ne veut pas vous dévorer, fit le coureur d'aventures, évidemment fort satisfait de lui-même. »

Et de nouveau, il chercha à atteindre Louise.

Ce fut à ce moment même qu'elle apparut aux yeux de Bodard.

« Écoutez-moi, continua le galant qui la serrait de près; je suis riche, je suis généreux, je vous promets un avenir... sérieux, mais, de grâce, un peu d'indulgence. »

Ceci dit, l'inconnu saisit Louise par la taille; elle poussa un cri et voulut se dégager.

Au même instant, un vigoureux soufflet tomba sur la joue de l'agresseur.

Bertrand Bodard venait de se mêler à la scène. Il repoussa l'homme qui se redressait furieux contre lui, et s'avançant vers Louise :

« Prenez mon bras, mademoiselle, dit-il; si monsieur n'est pas satisfait de mon intervention, quand je vous aurai reconduite jusqu'à votre porte, je me mettrai à ses ordres. »

Bertrand était de haute taille; il parlait d'une voix ferme et nette, toutes choses que ne manqua pas de remarquer son antagoniste. Et comme chez ce dernier, paraît-il, le courage vis-à-vis des hommes n'était pas à la hauteur de l'audace à l'égard des femmes, il garda sans se plaindre le soufflet reçu, et filant prudemment le long des maisons, disparut dans le brouillard.

Bodard, qui sentait trembler sur le sien le bras de sa compagne, arriva tout joyeux au numéro 15 de la rue Saint-Maur.

Là, Louise quitta son bras et le saluant :

« Adieu, monsieur, murmura-t-elle; je vous remercie bien vivement de l'appui que vous m'avez donné.

LA NOCE AU PAYS

— Je ne vous dis pas adieu, riposta Bertrand ; nous habitons sous le même toit.

— Vraiment ?

— En ce cas, monsieur, montez ; ma mère
sera heureuse de vous remercier comme je
vous remercie moi-même. »

Madame Labbé attendait sa fille avec une
certaine inquiétude. Quand Louise rentra et
l'eut mise au courant de ce qui venait de se
passer, elle voulut témoigner sa gratitude à
Bertrand Bodard, et, apprenant qu'il occupait
la chambre voisine de la sienne, elle crut pouvoir l'inviter à achever la soirée auprès d'elle.
Louise, heureuse et émue, sans savoir encore
pourquoi, fit du thé, et on causa comme de
vieux amis.

« Vous êtes sans doute dans le commerce,
monsieur Bertrand (il ne s'était fait connaître
que sous ce prénom), demanda madame Labbé.

— Oui, madame, dans une maison de nouveautés. »

Et il nomma un établissement rival du sien.

« Nous, dit Louise, nous travaillons pour
M. Bodard ; le connaissez-vous ?

— Parfaitement, sourit le négociant

— C'est un homme honnête et qui a bien
fait ses affaires, intervint la mère ; je ne l'ai
jamais vu, mais j'ai entendu causer ses commis
et je me suis d'autant plus intéressé à son histoire que nous sommes du même pays.

— Vraiment ! s'écria Bertrand enchanté.

— Oui ; de Bois-le-Roy. Oh ! je connais parfaitement sa famille, et je crois même que nous
sommes un peu cousins par sa mère.

— Mais s'il en est ainsi, madame, pourquoi n'êtes-vous pas allée trouver directement M. Bodart; il vous eût sans doute très-bien reçues en qualité de compatriote, et votre position y aurait certainement gagné.

— Ah! monsieur Bertrand, vous ne connaissez pas encore la vie. Comment voulez-vous que le riche négociant s'intéresse à deux pauvres femmes qui n'ont d'autres recommandations que leur désir de travailler pour ne rien devoir à personne.

— Vous disiez tout à l'heure, madame, répliqua un peu vivement le jeune homme, que M. Bodart était honnête. Quand on est honnête, on est bon; vous n'avez pas pu le juger autrement.

— Oui, mais faut-il tout vous dire, faut-il vous expliquer pourquoi nous travaillons pour lui, sans chercher à lui faire connaître les liens, assez peu précis du reste, qui peuvent nous rattacher à sa famille? C'est que nous sommes fières, monsieur Bertrand, — et vous comprendrez cela, vous qui vivez aussi de votre travail, — c'est qu'ayant connu une situation meilleure, nous avons l'amour-propre de tenir à notre obscurité.

— Je vous comprends, fit-il tout ému, et j'estime cette manière de voir. En toute circonstance, comptez sur moi, madame: je serai heureux de me mettre à votre service. »

Et Bertrand se retira, après avoir obtenu la permission de revenir quelquefois prendre des nouvelles de ses voisines.

CHAPITRE III

Etre aimé pour soi-même.

Le lecteur doit se demander certainement à la suite de quel caprice Bertrand Bodard s'était décidé à jouer la petite comédie dont nous venons d'être témoins; pourquoi il se cachait n'ayant que des intentions honnêtes; pourquoi riche il se faisait pauvre; pourquoi, si connu et si honoré, il se faisait si humble et si obscur?

C'est que Bodard voulait être le propre ouvrier de son bonheur; il ne voulait laisser à personne le soin de traiter pour lui cette grave question du mariage; il désirait connaître celle qu'il choisirait et se révéler à elle en dehors de toutes mesquines préoccupations d'intérêt et de position; en un mot, il voulait être aimé pour lui-même, pour ses qualités, pour son bon cœur, pour sa franchise, et non point, comme un homme riche est toujours en droit de le craindre, pour les avantages que représentait sa brillante situation dans le commerce parisien.

Il revint souvent chez madame Labbé, et, chaque fois qu'il y revint, ce fut pour faire un pas de plus dans l'estime de la bonne dame et de Louise.

Ces visites devinrent de plus en plus fréquentes et ne tardèrent pas à dégénérer en habitude quotidienne.

Chaque soir, Bertrand Bodard venait s'asseoir auprès de la table à ouvrage de Louise. Là, il causait doucement pendant deux ou trois heures et le temps passait sans qu'il s'en aperçût; ou bien il prenait un livre et faisait aux deux femmes quelque lecture attachante, tandis que leur aiguille diligente voltigeait sur le velours ou sur la soie.

Grâce à sa prodigieuse activité, Bertrand trouvait le moyen de mener de front deux existences complétement opposées. Le matin, il était dans son cabinet de travail, préparant des opérations industrielles, réglant des comptes, s'appliquant, en un mot, à faire fructifier l'entreprise qu'il avait entre les mains.

Cette vie affairée durait jusqu'à quatre heures.

Alors l'industriel faisait place à l'amoureux. Bertrand s'échappait de son riche appartement pour courir à sa petite chambre de la rue Saint-Maur.

Ce commerce intime avec ses voisines lui permit de les apprécier en peu de temps à leur véritable valeur. Il trouva dans madame Labbé une âme souverainement bonne et aimante, un esprit juste et éclairé; dans Louise un cœur d'or, une pureté immaculée, une intelligence saine, beaucoup de bon sens et aussi beaucoup d'esprit, deux choses qui ne vont pas toujours ensemble.

Il se prit à aimer la jeune fille d'un amour profond et raisonné; il se dit que c'était là la femme de son rêve, celle qu'il devait choisir ... e de sa vie.

Dès lors, résolu à partager avec Louise sa fortune et sa position, il ne prit plus le soin de dissimuler ses sentiments.

En toute circonstance, il chercha à faire comprendre à la jeune fille qu'il l'aimait, et celle-ci le comprit bien vite, car de son côté elle avait beaucoup réfléchi sur les qualités et le caractère de son voisin.

La franche et loyale nature de Bertrand lui avait été, dès le premier instant, tout à fait sympathique; peu à peu l'image du jeune homme s'était gravée dans son cœur; elle ne pouvait plus l'en chasser.

Sans attendre que les événements se pro— nonçassent d'une manière plus précise, Louise, en brave enfant qu'elle était, fit à sa mère la confidence de son trouble.

Madame Labbé l'écouta en souriant, et, comme en mère prévoyante, elle n'avait pas manqué d'observer les deux jeunes gens et avait facilement surpris le secret qu'ils ne s'é- taient pas encore avoué, elle ne manifesta aucune surprise en recevant cette douce con- fession.

L'amour de Bertrand pour sa fille ne l'effrayait pas. Mais elle se disait, avec toute apparence de raison, que Bertrand n'étant qu'un simple commis de magasin, gagnant péniblement sa vie par un labeur de chaque jour, ne se trouverait pas placé dans une sphère plus élevée que celle où vivait Louise; et que cette dernière, travaillant courageusement, pouvait même, en devenant sa femme, apporter avec elle dans le ménage un élément de prospérité.

Ces réflexions une fois faites, madame Labbé laissa les deux jeunes gens se voir d'une façon plus intime. Pour leur faciliter ces entrevues où ils devaient achever de se révéler l'un à l'autre, la bonne dame, dont la santé s'était améliorée, fit quelques courtes absences, pendant lesquelles le roman de Bertrand et de Louise put prendre une tournure plus accusée.

Ce fut pendant l'un de ces courts tête-à-tête, que Bertrand se hasarda à parler pour la première fois de son amour.

« Mademoiselle, dit-il à Louise, vous avez pu juger mon caractère, depuis le temps que j'ai le plaisir d'être admis auprès de vous. Permettez-moi de vous demander si vous avez reconnu en moi un peu de franchise.

— Pourquoi cette question ? demanda Louise toute troublée.

— Si je vous l'adresse, croyez-bien que ce n'est pas simplement pour le plaisir de le faire. Un sérieux intérêt est attaché à cette question.

— Pourquoi douterais-je de votre franchise, monsieur Bertrand ; vous nous en avez donné si souvent des preuves, que j'aurais mauvaise grâce à vous faire attendre ma réponse.

— Puisque vous n'en doutez pas, et je vous remercie de votre opinion, je puis vous dire le fond de ma pensée sans être accusé de réserve, n'est-ce pas ?

— Sans doute ! mais quel préliminaire solennel ? Et qu'avez-vous donc à me dire ?

— J'ai à vous demander un conseil.

— Un conseil, à moi ! fit Louise en riant.

— Pourquoi pas? Refusez-vous de me le donner?

— Non, puisque vous m'en jugez digne. J'écoute.

— Eh bien, mademoiselle, voici ce dont il s'agit. J'ai trente-cinq ans; j'ai beaucoup souffert, beaucoup travaillé, beaucoup lutté; ma famille est loin de moi et je sens que je ne puis plus me passer de famille : ne pouvant aller vers la mienne, sans compromettre des intérêts auxquels est subordonné mon avenir, j'ai résolu de m'en créer une. En un mot, je vais me marier. »

Louise pâlit.

« Ah ! dit-elle, vous allez vous marier !

— Sans doute. Ai-je tort ?

— Vous êtes meilleur juge que moi dans la question.

— C'est votre avis que je veux avoir; mais, pour que vous puissiez me le donner en connaissance de cause, il faut que je vous dise avec qui je vais me marier. »

De pâle qu'elle était, Louise devint rouge et ses lèvres tremblèrent imperceptiblement.

« La personne que je veux épouser, continua Bodard que l'émotion commençait à gagner à son tour, est une jeune fille simple et bonne; comme moi elle vit de son travail; comme moi elle a souffert des exigences de la vie; elle apportera dans mon ménage sa résignation souriante et sa part de travail que je lui ferai aussi petite que possible, car je veux la rendre heureuse autant que mes efforts me le permettront. Je l'aime : pensez-vous, mademoiselle, que mes projets soient dignes de mon amour?

— Je pense, monsieur, que la femme que vous avez choisie vous trouvera digne d'elle; mais je ne puis vous donner le conseil que vous me demandiez tout à l'heure, car, après tout, je ne la connais pas.

— Vous la connaissez, mademoiselle, sans cela je ne vous eusse pas interrogée. Faut-il vous dire son nom?

— Sans doute.

— Louise, ne le devinez-vous pas? termina doucement le jeune homme en serrant dans ses mains la main tremblante de l'ouvrière.

— Monsieur Bertrand! s'écria cette dernière pleine d'un insurmontable émoi.

— Oui, continua le jeune homme avec ardeur, oui, c'est vous que j'aime; c'est vous que je supplie d'être ma femme : c'est vous que j'entrevois dans l'avenir comme la douce fée de ma maison. Mais une crainte m'arrête; vous avez vingt ans, Louise; j'étais presque un homme, alors que vous n'étiez encore qu'un enfant; mon amour ne va-t-il pas vous sembler une folie, n'allez-vous pas redouter cette union à laquelle je prétends au moment où l'âge me gagne, mettant quinze années entre vous et moi. »

Louise resta quelque temps silencieuse. Sa poitrine se soulevait vivement; elle voulait parler, elle ne pouvait pas.

Enfin, ne trouvant pas d'autre réponse, elle tendit la main à Bertrand. Ce dernier y posa ses lèvres, et, pendant quelques minutes, tous deux s'oublièrent dans cette délicieuse ivresse qui suit le premier aveu.

Enfin Louise parla avec une adorable naïveté, elle révéla toute son âme à celui qui l'aimait; elle rit doucement des scrupules que son âge éveillait en lui; elle lui fit comprendre que l'homme accepté par une honnête femme n'a jamais pour elle que l'âge de son cœur.

Les choses marchèrent de telle sorte dans cette courte entrevue, ces deux amours s'entendirent si bien que, lorsque madame Labbé entra, il ne manquait plus au consentement de l'enfant que la consécration de la mère.

Après quelques paroles échangées avec elle, Bertrand aborda franchement la question.

« Madame, lui dit-il, j'ai, vous le savez, une position modeste, mais mon courage la fera meilleure; j'aime mademoiselle votre fille et je vous avoue loyalement que je lui ai exprimé cet amour; elle a bien voulu ne pas rejeter ma recherche; c'est pourquoi, madame, j'ai l'honneur de vous demander sa main. »

Madame Labbé s'attendait à cette demande. Elle présenta pour la forme quelques observations, puis elle ouvrit ses bras au jeune homme.

Il fut convenu que la noce se ferait dans le plus prochain délai.

Bertrand avait atteint le but désiré : il était aimé pour lui-même.

Désormais, il allait pouvoir se livrer en toute liberté de cœur au plaisir de la surprise brillante qu'il préparait à madame Labbé et à Louise.

CHAPITRE IV

La noce au pays.

Pendant quelques jours encore, il garda son secret. Il les employa à tout préparer pour recevoir dignement celle qu'il allait nommer sa femme; l'appartement qu'il occupait au-dessus de ses magasins fut bouleversé de fond en comble et transformé en un nid de velours et de soie.

Durant ce temps, Louise, qui ne se doutait de rien, continuait à travailler pour le magasin, où elle allait rendre tous les matins son ouvrage.

Bertrand se gardait bien de se montrer; il voulait ne rien perdre du plaisir qu'il s'était promis.

Enfin, un matin, il arriva chez madame Labbé à une heure où on n'avait point coutume de l'y voir d'ordinaire.

« Qu'arrive-t-il donc, mon cher enfant, lui demanda madame Labbé, pour que l'on vous voie d'aussi bonne heure? Vous n'allez donc pas à votre magasin aujourd'hui?

— J'ai pris congé pour toute la journée, en l'honneur de la circonstance.

— Quelle circonstance?

— Le contrat de mariage que nous signons ce soir. »

Madame Labbé et Louise regardèrent Bertrand, croyant qu'il plaisantait.

Le mot « contrat de mariage » les avait frappées. Elles se demandaient, non sans raison, à quoi pouvait bien servir un contrat de mariage dans une alliance où les fiancés n'apportent pour toute fortune que leurs bras et leur courage.

« Un contrat? répéta la mère.

— Sans doute, répondit gaiement Bertrand. Cela vous étonne? Pourquoi? Nous n'avons pas de fortune à présent, je vous l'accorde; mais nous en gagnerons une, et, pour ma part, je suis bien aise d'assurer d'avance à ma femme le peu de bien que j'aurai.

— Mais, mon ami, un contrat entraîne à des frais, et...

— Ne vous inquiétez pas de cela, j'y ai pourvu.

— Alors, je n'ai plus rien à dire.

— Oui, tout est arrangé. Tenez-vous prêtes pour ce soir; je viendrai vous chercher en voiture.

— En voiture! se récria encore une fois madame Labbé.

— Ne vous effrayez pas : une fois n'est pas coutume; je rattraperai cette petite dépense.

— Le bonheur lui fait faire des folies, pensa la bonne mère. »

Vers huit heures du soir les deux femmes achevaient leur toilette, lorsqu'une voiture s'arrêta à la porte.

C'était, non pas celle de Bertrand, mais une simple voiture de place qu'il avait prise pour jouer son rôle jusqu'au bout et dont il sortit correctement vêtu de noir.

Il franchit en courant les trois étages, et trouva Louise et sa mère sur le seuil de leur chambre.

« A la bonne heure, cria-t-il joyeusement, voilà de l'exactitude! Partons. »

Trois minutes après, le fiacre roulait dans la direction du boulevard, où se trouvait la maison de Bertrand.

Tout entières à l'émotion du moment, les deux femmes ne s'aperçurent pas qu'on les faisait descendre à la porte particulière de ce même magasin où elles venaient tous les jours.

Du reste, le magasin était fermé, ce qui leur permettait moins de se rendre compte de leur situation.

Bertrand offrit son bras à sa future belle-mère, et s'arrêta au deuxième étage pour l'introduire dans un grand salon où l'attendaient le notaire et les quatre témoins.

— Où sommes-nous? demanda Louise surprise du luxe qu'elle voyait prodigué autour d'elle.

— Chez le notaire, répondit simplement Bertrand. »

On s'assit, et le notaire commença la lecture de l'acte. C'était ce moment que Bertrand attendait.

Ses yeux s'étaient attachés avec une expression de joie satisfaite sur le visage de sa future et de sa mère. Il attendait l'explosion de leur surprise.

« L'an 1864, le 6 décembre, lut le notaire, entre Monsieur Charles-Bertrand Bodard et Mademoiselle Jeanne-Louise Labbé...

— Bodard! Bertrand Bodard! s'écria madame Labbé, toute saisie, que signifie cela, je vous prie?

— Cela signifie, ma bonne mère, dit Bertrand radieux, en serrant dans les siennes les mains de la bonne dame, cela signifie que je suis un grand hypocrite, que je vous ai trompée, et que je vous en demande pardon. Vous avez accordé la main de Louise à Bertrand, le commis; la refuserez-vous à Bertrand Bodard, le patron? Non, n'est-ce-pas?

— Messieurs, continua-t-il, en se tournant vers ses amis, saluez en moi un homme heureux; j'ai trouvé une femme qui m'a voulu pour moi seul, comme je la voulais pour elle. Elle m'apporte un trésor plus précieux que la fortune que je lui donne en échange : un cœur pur, une tendresse sans alliage. Continuez maintenant, Me Nivelin; je pense que tout est expliqué et que personne ici ne me gardera rancune. »

Quand le contrat fut achevé :

« Monsieur Bertrand, dit Louise, ce que vous avez fait là est mal, et pourtant je ne vous en veux pas de nous avoir ainsi trompées, car si je vous avais connu sous votre vrai nom, je n'aurais jamais consenti à devenir votre femme; votre fortune m'aurait fait peur et j'aurais redouté de n'être pas jugée digne de votre affection, de votre affection seule, vous me comprenez.

— Chère enfant, s'écria Bertrand qui, pour la première fois, ne résista pas au plaisir de serrer Louise dans ses bras.

—Mère, dit le négociant, quand les étrangers se furent retirés, vous êtes chez vous; cet appartement est le vôtre. Quant à moi, jusqu'au jour de notre mariage, je veux aller habiter cette petite chambre de la rue Saint-Maur, où j'ai vu se lever l'aurore de mon bonheur. »

Les deux femmes résistèrent, mais il fallut en passer par où le voulait le maître du logis.

« J'ai écrit à mon père et à ma mère, dit-il le lendemain à sa belle-mère, et comme leur santé ne leur permet pas de se déplacer, si vous le voulez bien, notre noce se fera à Bois le-Roy. J'y ai tous mes parents; vous y avez aussi les vôtres; ce sera une joie pour tout le pays. »

Inutile de dire que cette proposition fut acceptée avec le plus vif enthousiasme.

Huit jours après, toutes les difficultés légales étant levées, on se mit en route.

Bientôt la petite église de Bois-le-Roy se para comme pour une fête; le village tout entier fut en émoi; le ban et l'arrière-ban des parents et des amis des deux familles avait été convoqué pour le mariage de Bertrand et de Louise.

Il fut célébré avec une grande pompe, et ce fut, pendant trois jours, une suite de réjouissances, dont les habitants de Bois-le-Roy ont gardé longtemps le souvenir.

Le père Bodard était enchanté. Il contemplait d'un œil attendri Bertrand et Louise, et se disait que la volonté, le travail et le cœur sont vraiment trois des plus précieux trésors de ce monde.

Il bénissait le hasard, qui est le nom profane de la Providence, le hasard grâce auquel Louise et Bertrand, nés dans le même pays, un peu parents, après avoir quitté, sans se connaître, leur commune patrie, s'étaient trouvés en face l'un de l'autre à Paris, pour s'aimer, se choisir et, finalement, revenir consacrer leur bonheur aux lieux mêmes où s'était écoulée leur enfance.

Quand monsieur et madame Bodard eurent sacrifié à leur famille une semaine de leur bonheur, ils partirent pour l'Italie.

Aujourd'hui, ils ont près de trois ans de ménage, et l'expérience a donné raison à Bertrand.

En prenant une femme simple, sachant la vie, aimant à faire le bien parce qu'elle connaît les souffrances de la pauvreté, il a gagné la sécurité de son avenir; il ne redoute pour Louise ni les tentations du luxe, ni les fantaisies ruineuses de la mode; sa femme est plus qu'une femme, c'est une amie; nous voudrions écrire « c'est un ami » car cette acception toute virile peint mieux et plus intimement ce caractère de l'épouse telle que peuvent la rêver les moralistes.

FIN DU TROISIÈME VOLUME.

TABLE DES MATIÈRES

FIN DE LA TABLE DU TROISIÈME VOLUME.

Paris. — Typ. A. PARENT rue Monsieur-le Prince, 31.

Paris. — Typ. A. PARENT rue Monsieur-le-Prince, 31.

www.ingramcontent.com/pod-product-compliance
Lightning Source LLC
Chambersburg PA
CBHW071104260626
47162CB00006B/2202